舜徽书系

学问思辨,乃求知之事,必先明于至善之所在,而后笃行不惑

舜徽书系

朱峙三烽火日记

（第二册）

◎朱峙三／著

华中师范大学出版社

民国二十八年

(1939 年)

正月

正月初一日，即新历二月十九日，星期日，今日雨水节。午后四时半开笔，吉利，沿俗作词云：

新正发笔，杀贼杀敌。愿我中华，创兹独立。复兴复兴，四海统一。

峙山朱继昌书

初一日　早雨　阴　今日雨水节　二月廿九日　星期日

正午方起，陈三民叔侄、袁世高及迟儿等来拜年，三民谈一时许方去。昨夕睡后无梦，余以为异从前矣。枕上闻大风雨声。袁宅进香出方鞭炮声，余心久郁，寝亦不安，且避难山居，百感不便。国难严重，家乡音信久寂，祖宗坟墓俱在鄂城。武昌、鄂城两住宅亦不知存在否。即存在，恐衣物书籍及一切用具已损失殆尽矣。思之黯然而已。

今晨三时醒后，有梦记得甚悉。一与程稚松见面，余询其何能由沪归，则云从浙赣路。余访周子南未遇，其家以糖水进，余谓谁分娩耶？云妹云主妇已生子矣。二似已回家中，余家第二进已租一客，阔绰甚，左房全装玻璃，油漆似新加者，有电灯、电话，余询此人业务，则云系某某银行行长，余谓鄂城有银行耶？三似某贵官宴余等约廿馀人，酒肴甚丰，少长各客均为公务员一类人物，席散时某客将余之常礼帽呢质者误戴先行，仅遗一草礼帽染深绛色者，质尚佳，取而着之，略嫌小，盖不戴又无帽，勉强着之，过一穿衣大镜自照之，觉尚可，遂与诸客同散，拟访先行客易帽。醒后枕上自度今年战事必着草帽时乃已耶？前年丁丑元旦梦方耀廷先生事，去年戊寅元旦梦范天顺刻朱印二方，又余作画幅事，又以黑中蒙头入石室上石级事俱不验。今日之梦将来果验否？主何事耶？噫，世态变幻，人之身世穷通得失，富贵贫贱，升沉显晦，寿夭美恶，何一非梦，何事非梦，何时何地非梦耶？浮生若梦，余今年必以"梦"字作别号也，当字曰梦园，或曰梦寰。又第三事下，记余欲辞现职往应城县范姓教读，某主官云，教读师徒仅二人，闷寂有何益处？不足取也。记自去年九月二十九日由陈家畈迁此山居，百无聊赖，欲不出，则寄居眷属七事,惧缺乏受苦,出山依人,办公、住寝、饮食俱不便。且余近半年中,老态已显见,自觉少人生乐趣,与诸年少共事又自愧也。不作事无食,何时太平,重回武汉?苍苍者天,能为此苦闷抑郁者开一线之恩否?傍晚饮酒半杯,聊以遣闷,十时半寝。

初二日　阴　二月二十日　星期一

十二时起,昨夕睡甚安,虽醒数次,旋即睡熟,早亦醒数次,又睡熟矣。起后进食,午后写复各处信,计夏赋初、张重心、邓实、陈子谷、程次松、方绪吉、夏炳承、萧敦五、谢纯丞、徐惠轩、孟迪甫、杜卫初、尉迟华清、秦培新十四件,多半问武昌、鄂城情形也。十二时寝,上床后以小儿啼且不睡,扰扰至转钟一时后乃寐,梦已定大轮舱位往某地,旋起坡到家遇周淬成谈,刺刺不休,船已开行,余亦不愿搭此船去。又梦回家见先母清检衣物,似余往北平者,嘱带仆同往。余谓北平熟地不需仆人,继思黄河铁桥已毁,何能通过,遂醒。

初三日　早有晴意　旋阴　二月廿一日　星期二

七时醒，八时闻飞机声大作，嘱老王察看，云由对面山顶掠过，似有九架，彼仅见一架在云中，大约又系炸万县或重庆也。惠安来拜年，遂与同往陈秀升家，略坐谈一时许出。晚饮酒半杯。十一时寝。

初四日　阴　午后二时小雨片时　二月廿二日　星期三

正午起，补写文端、子谷、阳春及三一堂许司夫明片毕，晚间交老王汇齐。并写向秘书等信，明晨往宜昌分送，付洋六元与之买杂物。十一时寝。

初五日　阴　二月廿三日　星期四

午后一时起，倦甚，饭后天有晴意，拟外出，无可游之地，闷甚，补写去岁未竣日记。此两月中未带正本往宜昌，须补记之。四时袁世高来，云宜市初三日被炸甚惨，法院、县府路均被炸，死伤数千人。晚六时半陈经纬自杨家场来，并携季明函，云宜市县府路、北门东街、新街均被炸，死伤千馀人，倒房屋不少。初二日下午三游洞亦被轰炸，盖敌机已寻得目标，或亦汉奸所报告者也。留经纬饭，扰扰至十二时方寝。连日均饮酒，少则一杯，多则四杯，以醉为度。

初六日　阴　午后小雨　晚雨　二月廿四日　星期五

正午起，闻陈经纬已往陈子途去。连日天阴雨甚闷，此间又无可游之处，室中奇暗，又无可阅之书。晚与经纬谈一时许，十一时半寝，梦杂不可记，转钟三时闻雨声。

初七日　阴　晨四时大雨　晚转钟后雨　二月廿五日　星期六

正午起，午后补写日记。天阴路湿并无晴意，计朔日至今，未晴半日，天变如此，国事那可问耶？今为人日，天阴黯淡，其不佑人也可知。晚间寒风时作，抑郁万分。候老王归，竟不至，命祥焕数呼，恐其迷途。此仆愚而倔强，不听教训，可虑也。十二时寝，转钟后闻雨声大作，旋梦夏炳丞在警局就事，假余名义，有亏空。又梦民厅任余为警局局长，余表示不愿。又梦与多数人行至一窄巷中，人多拥不能行，电线下落，有人触电。又梦余为教授，得兼薪月仅七十元。又梦回鄂城四眼井旧宅，时雨后乍晴，空袭警报大作，乡人行路者甚少，家家闭门，余欲奔避至某宅，跨过余室，未能也。总之皆由神经错乱所致。

初八日　晨三时以下大雨　阴　午后二时见太阳片刻
二月廿六日　星期日

十一时起，补写旧岁日记已毕。晚六时半老王回，接文端、子谷复函，述宜昌初三遭突袭，死亡人数近千馀，塌防空壕五个，北正街、法院、新街、县府路、环城东路、教军场等处投弹数十枚，毁屋压死者甚多。盖自抗战以来，宜昌被炸市区此为最惨矣。另述罗姓夫妇三子未炸事，某教员事，又某某数人应该不死，均得无伤，亦果报之类也。携归梅凤山一月十五函，二月二日函，均无多语。又潘仲平一函，系去年十月六日在太和岭所发者，系阴历八月十三之函，四月馀方送到，所述系县政府、蔡家巷、舒信、太孟、愚溪等处遭炸，又补述十月十日正午敌在鄂城投六弹，县政府、小北门、大南门内外及樊口、横堤均被炸云云。馀为周方立、汤光烈、向胖佛复余函，又廖纯古自南县白蚌口寄函，沙市谢涛函、孟训明复函，约祥焕去就事。细询老王各事。十二时寝。

初九日　阴　午后小雨一次　二月廿七　星期一

正午起，倦甚。饭后陈三民同敦老板来谈，并同阅老王带回诸信，云县政府已派队来缉去腊抢犯云云。检信纸格子纸，呼迟生取去写小楷，以免荒废。晚九时半寝。有梦甚杂。

初十日　阴　早小雨　二月廿八日　星期二

十一时起，陈宅派人来请春酒，午后二时去，陪其新婿王某回门也。九肴俱着大椒，余不能食，六时归。自饭后小坐即寝，多杂梦。

十一日　阴　午后小雨半时　夜雨　三月一日　星期三

昨因定儿夜吵闹未安睡，午后一时方起。陈宅派人来接客，余辞之，盖彼宅所办菜不能食也。三时天小雨数次。计初一至今十一天，竟未晴半日，除夕夜雨达旦，山洪乍发，国难民殃，天变示警，阴霾四塞，真所谓黑暗世界。不见天日矣。四时补写各函，拟即日发出，计廖纯古、谢纯丞、杜安卿、吴俊明等八件。晚十二时寝。

民国二十八年（1939年）　正月

十二日　早雨　阴　三月二日　星期四

正午起，连夕寝后或鸡鸣醒时思怀往事，近感时局，欲作《根本论》一书，指斥国事，矫正将来，立言以警当世，一新我国民族之耳目，而斩除其恶劣性根。徒以精神不继，心血已亏，每欲执笔即倦矣。今日欲立纲领，下笔又倦矣。俟精神复时必为之。午后四时得龙汇东复函，始知汉口近状未如传闻及报章所载者之甚。晚十二时寝。

十三日　雨　午后三时乃止　三月三日　星期五

转钟三时半多杂梦，先后记有数事，似已回鄂城矣，惟住宅已变状，前后四进其数同，其构造异，似已有损毁，在修葺中者。宴客至十余桌，太辅、炳丞、惠安俱自省城归来者。连日梦杂，或者灵魂已回鄂城耶？午后一时方醒。起床见天雨，闻溪声怒吼，颇恶厌之。自余归后未得半日晴霁，亡国气象乃如此耶。晚益无聊，重录哭根儿诗一次，计一百句，连序注共千馀字，此余最伤心之作也。十一时寝，多杂梦。

十四日　早雨　阴　三月四日　星期六

晨四时枕上闻雨声未歇，雷声震山谷，似只有二次者。正午起，饭后欲着笔做《根本论》，以精神不继中止。连日阴雨闷极，又不能外出，溪水深，欲至陈秀升处亦不可得，仅门外小立三次而已。晚十一时寝。

十五日　阴　午后二时小雨　晚见月光　三月五日　星期日

十二时起，今日为元宵。记去年在胡二林乡居，村中人往来余宅中游玩甚乐；夏炳丞自省宅来，谓严厅长约余谈话。今岁乃在宜昌乡间避难，思之增无限之感。午后二时命祥焕抱定生与余同出门，至溪河边游览。往来行人甚少，小立片时，循河边步行约半时仍回，无甚兴趣。四时半陈三民来谈至夜分方散。寝后梦一凹姓来谒，名片上书凹主任，片后印其略历，谓系先访萧液垓者，余谓此人之姓读何音，萧云读如凸音，与谈片时去。醒后枕上细度，主人壬人欤？

十六日　阴　雨　晚雨数次　三月六日　星期一

十一时起，饭后到惠安、迟儿两处坐谈，因老王明晨同袁世高往三游洞也。惠安疟疾至今未痊，又不能往巴东去办公。坐未久，值天雨路滑，四次涉水，须人夯之。此地不方便，人民又懒，不作桥梁，且于水中不搬运稍高大之石垫水中以利行人，可见其公德缺乏也。晚写信六件，付老王明日到宜付邮。十一时寝。

十七日　阴　午后小雨一次　三月七日　星期二

七时老王弄饭，与袁世高同食往宜昌去。十一时起，午后写黄达云、谢服初信，备往宜时再发。晚因定生受寒大吐,寝后未安。连日饮米酒太多。

十八日　晴　午后五时阴　晚小雨一次　三月八日　星期三

七时定儿已痊。八时闻天已放晴。十时半枕上闻天空飞机声大作,大约又系敌机肆虐也。正午太阳光正强,余步行溪河边,菜花因晴暴放,颇有香气扑鼻,各色菜花二月初方放,此地已早半月矣。昨夕蚊虫嚼人,尤为奇异。噫!国难如此,天心变矣。奈何奈何。晚十一时寝不成寐。

十九日　阴　小雨二次　三月九日　星期四

正午起,昨睡后忽醒,自是展转难寐,多杂梦。今日郭老板同陈三民来,云宜昌昨轰炸二次。老王未归,不知情形如何,殊为焦灼。下午四时频至溪河边望之,未见其来,与陈玉清遇,亦谈宜昌昨炸三次矣。晚十时仍未见信音。十二时寝，梦王文端代余宅中安电灯，尽将电泡改为小光枝，且无电力，亦即有电，亦细如电线流动殊甚，又以电泡陷入余手中。

二十日　阴　晚小雨　三月十日

十一时起，午后到厚训寓打听老王信，云宜昌天官牌坊亦投炸弹三枚，访陈秀升、玉清、三民述各事久。今晚老王、袁世高不归，则俱遇险矣。心烦意乱，不可支持。六时余频登后山望之，不见其归。六时三刻闻老王已同世高父子归矣！细询前日炸状，则宜市前日炸四次矣。大约死伤三千馀人，烧毁房屋约二千馀家，但如繁盛澎，如通惠、一马、二马各路尚未投弹，王文端寓宅已炸毁，人甚平安，并带回各信及报纸，余阅至转钟三时半方寝。

廿一日　阴　晚小雨　三月十一日　星期六

十一时起，今日天气仍阴霾。晚间小雨，十一时寝。

连日均饮酒,每次二三杯。

廿二日　阴　三月十二日　星期日

九时枕上闻飞机声,似有数架,不知炸何处也。晚间阅前日带回各报,战事毫无进度,兼之匝月中阴雨,江水涨,敌舰可上驶,殊为可忧也。晚十二时寝,多梦。

廿三日　早小雨　阴寒　三月十三日　星期一

正午起,因四时醒后未睡稳也。倦甚,不欲作事。宜市情形不知如何,天气阴郁不开,今已廿三日矣。若连去腊计算,已卅七日中,仅有两半日晴,奇矣。国运若此,天亦助虐者欤?晚心烦意乱,十一时寝,床上多跳蚤,可恨也。

民国二十八年（1939年） 正月

廿四日　晴　午后阴　三月十四日　星期二

九时闻已晴。袁世高带同祥焕往南边去购包子。余十时起，饭后与迟生步行至瀑布，对溪河略坐，又为之讲唐诗一首，李颀《听董大弹胡笳》，古风。坐石上遇陈秀升，与之谈半小时。归后阅《列国演义》勾践事，吴及勾践灭吴事，因叹有坚忍心，能持久者，方能报人。幼时曾阅此，今日复阅亦快意事也。范蠡功成身退，文种不退，以致于死，伍员直谏，召杀身之祸，均可为后代殷鉴。六时祥焕归，云今日已晤及龙汇东，昨自宜市归者，述近事并汉口事甚详。明日天晴余必往访之。十二时寝。今晨十时闻飞机声。

廿五日　阴　时有晴意　三月十五　星期三

十时起，饭后思外出。午后二时与袁世高、祥焕同往陈家祠堂、小峰寺一游，并在陈吉轩家吃晚饭。今日来往共行十四里，途遇宜市二批来人，人均□昨日午前十时宜昌正川门、古楼街、北门正街及城外桥头均投弹，又死伤□人少云云。敌机肆虐如此，抗战情形不得而知，殊为焦灼。晚写信数件，交□老明晨送宜昌，便约文端、阳春来乡居住也。十二时寝。

今日到小峰寺时，前重正中系供文昌帝像，鄂省属各地塑文昌帝君像者甚少，正门额书"二圣禅林"，或此庙未毁时尚有关圣帝君像欤？惟正殿三佛像之右有周仓将军像，大约当时必有关帝像也。此庙景况余昔年似梦过一次者，将来回乡时当于历年日记检查之。本日十二时寝后，梦熊洗铭在居宅与予谈话，余细问，其有男儿十四人，女子八人，予谓汝如此多子，教育费何出耶。熊与予去冬才认识，无特别感情，何见梦如此。

廿六日　阴　午后有晴意　晚见星斗　三月十六　星期四

四时半闻老王起，六时彼出门去。余原拟今日往访龙汇东，昨因伤风鼻塞，展转未寐，今日十一时起，遂与袁世高言之，约以明日再往可也。陈三民来述宜市前日炸甚惨，通惠路闹市已投弹矣。晚间郭恒兴老板来亦如此说。今年宜市迭遭轰炸，精华尽矣。不知倭人何恨宜民之深也。十一时寝。

廿七日 晴 午后阴 三月十七日

八时半起，十时饭毕，同袁世高，陈三民往访龙汇东，步行经张家口，约二小时到山下。上山后石坡斜陡，颇为吃力，汗透短衣裤矣。至易家祠堂后，嘱小馆办菜酒，备食后到汇东家，便于谈话即归者。将开饭，适汇东来，余等进食后遂同往其家细谈各事。晚间请其谈佛经，彼述严西陵确有□宗真谛，并迭称传授诸事，即汉上人所称为慧明法师者也；馀则述汉上各事，并陈恕初诸人进止，吾邑葛店并未受大损失云云，谈至十一时半方寝。

廿八日　晴　晚风　三月十八日

七时即欲起，恐无人招呼，八时半乃起，与汇东仍谈各事。十一时忽祥焕来，述老王自宜昌归，带函回各事。十二时午饭毕，余即欲回，因久候三民不至，易滟武坚留余就其家晚餐，乃许之。四时一刻食毕动身，行至张家口，天已黄昏，匆匆行山溪路中，石子高低不一，足为之痛。到家时汗透衾外矣。十时再饭，十一时寝。

廿九日　晴燥　三月十九日

十时起，昨以行路劳动，睡后甚安，今日欲外出，无处可游。傍晚祥焕不受教训，余大斥之，气动后半时难平，心恨无已。此子实非人类也，将来决无好下场，迭次荐彼作事，无一次不令我怄气。自沔阳动身，得八十元之薪水，及遣散至宜昌时无行李，其钱俱嫖赌与吃烟矣，并未寄一元与其母及妻也。晚间心烦乱殊甚。连夕有蚊嚼人，跳蚤嚼人，殊难安枕。十一时寝，多梦。

卅日　雨　晚小雨数次　三月二十日　星期一

七时半闻胡升来，询之，昨晚已到，在惠安家中宿。述前十八日宜昌轰炸情形甚详，彼现在长阳住家，甚安适。午后写陈子谷等六人信，付之带宜昌分发。五时余往惠安寓中坐谈一次。晚九时打坐，龙汇东教余方法者，坐仅一刻钟，甚吃亏，或者未得法也。十时半寝。

二月

初一日　晨　小雨旋晴　今日春分　三月廿一日　星期二

八时半起，饭后下山一次，与迟生步行至惠安寓，下溪边略流连即返。连日心烦甚，见人家祭坟，尤多感触，亡儿根生坟在宜昌北门外，所谓新坟，俗称不过春社者，今亦无人去祭，可伤也。晚间百感交集，前闻汇东云鄂城乡间尚好，则余深悔去秋不应携眷出奔也。十时打坐片刻即停止，杂念难去，奈何。十时半即寝，寝后甚恬，多梦。

初二日　晴　今日春社日　三月廿二日　星期三

八时起，带同定儿下山闲眺半时即归。饭后欲下山欲补写日记，俱未果，心烦乱未能已。午后三时至惠安寓坐甚久，迟生在其寓。余约以明晨祀文昌像，便借香归，准备明晨往小峰寺。在前清明初，余家敬祀文昌不敢怠，丙午以前念《阴骘文》，每夕三遍，寒暑未尝间，自束发受书时，先君命余跪诵《阴骘文》已十四年矣。归后小睡约一时许，梦金蔼意太史、冯艺林来谈，余便回金一函，则以宣纸大书，似横批而非函也。此昼寝有梦也。晚写日记。十时打坐，似未得其法，脑海杂乱，仅一刻钟即止。十一时寝。

初三日　晴燥　晚十一时大风　三月廿三日　星期四

八时起。昨以被厚，汗出伤风，鼻塞不可耐，曾起坐一小时。八时半迟儿来。九时半饭毕，十时与迟儿带香纸等往小峰寺祀文昌帝君。今日为帝君圣诞。科举停后文昌祀典尚举行不废，清代亡后，文昌祀典遂废。民元迄民六，余遇家居时，二月初三尚敬谨祀之，以后出门则未举行，但先母在家于二月二日祀土地神毕，必立帝君牌位，于初二夕及初三晨祀之，此祀实未废也。十一时半到陈吉卿家洗脸毕，即同迟儿到寺进香，默祝并念《阴骘文》一遍，以次在佛像、观音像前三揖而退。细审庙中碑记可辨者，则道光四年、廿四年，二碑均称二圣禅林，则此寺当日必有关圣帝君像可推测也。铁钟一座，辨其铸字，则江西吉安府某领衔募款，惟查其年月不可得，仅辨首行为"湖广道荆州府彝陵"，似"州县"字，则此庙在明末或清初所成立者。门首亦有灵官像，文昌座后为韦陀像，正殿亦有十八罗汉像，惜此间无《东湖县志》考之耳。二时半仍回吉卿家略坐。同迟生回行，一时半方到，天热如四月。到家饭后以疲乏甚小睡二时许方醒。傍晚饮米酒二大杯，食饭甚饱，惟每触思家之念，心烦意乱，无可慰藉也。十时打坐二次，似无感应。十时半寝，大风数起，怒号山谷，遂不闻水声。寝后转钟二时醒，无梦。今午祷于文昌帝君祈梦，乃竟无之，至天欲明仍未有梦也。

初四日　阴　寒　早大雨　午后下雪子　三月廿四日星期五

十一时起，今日天气变冷，饮酒三杯。晚间打坐一次，无甚感应，初入门，不知如何能定心也。九时半寝，转钟二时醒，跳蚤嚼人，不寐。以后忽梦汪小舫及张渭泉来余家便饭，谈各事，系为一浠水人王姓说向余左款事，谓余家曾受其所赠小孩衣服也；又一妪将省宅电灯弄坏，前重已熄，后宅仍燃，但此妪已触电矣。自是醒后难寐。

初五日　晴　三月廿五

十一时半起，饭后往惠安寓，闻三民家有一剃头匠，遂往其家剃头一次。午后四时归，写信一件，托人寄陈季明家问各事。晚九时即寝。

初六日　晴　三月廿六

九时起，十时饭毕。写信致龙汇东，嘱祥焕送去问各事，并嘱其带物及包子等件，迟至黄昏时方回。带来汇东函件并易姓人来取函，为易绳武说免役事，留之酒饭，并告来人以各事，九时半即寝。今日陈季明派人送信来，并携《武汉日报》五份，十九号至廿三日止。战事在相持中，德国并吞捷克矣。英首相张伯伦主张和平，今日竟将捷克灭亡，又一西比西尼亚也！世界只有强权，何有公理耶？国联，国联，尚靦然存在。嘻！异哉。

初七日　晴　晚月色甚明　三月廿七日

八时半起，十时半饭毕。至惠安寓教迟生读国文，讲彭端淑《为学》一篇。此文浅近易懂，迟生荒嬉甚久，未读书写字，殊以为忧，今年十五，并不好学，奈何，奈何。晚九时月色蒙笼，暮烟如雾，山静无行人，殊为冷寂，对此景触动乡思，抑郁无已。十时半寝。

初八日　晴燥　三月廿八日

九时起，饭后呼迟生来教以国文《梁任公记讷尔逊轶事》，文浅近，奖人以自立者也。并授柳宗元五古二首。晚写王文端、陈子谷等函，命祥焕明日往宜市取信件并买六事米菜等等,面嘱各事。十时寝。

初九日 晴燥 三月廿九日 星期三

八时半起,晨三时即呼祥焕起,天将明彼即出门去矣。十时闻飞机声,据闻敌机一架大约系侦察也。十一时嘱迟生来,为之讲蔡元培《为群》文一篇,亦浅近之文言文也。上五律二首,王湾、常建诗。下午一时半闻此间高空机声大作,第一批敌机九架,未几又来九架掠过,以地势度之,系自四川来者,但不知炸何处耳。吾国无空军,故敌空军每次轰炸,直如无人之境矣。可慨哉。明日祥焕归必知之,晚十时寝。

初十日 晴燥 三月卅日 星期四

九时起,饭后呼迟生来此读讲《为群》文已毕,并上唐诗二首去,午后六时老王回。六时半祥焕自宜市回,携文端并寿山、先霖、祥安、廖伯周、谢纯臣等函,并报一张。子谷所开列各事，知战事尚好。昨敌机仅过宜市，系自重庆轰炸而归者也。阅报阅信，石仲章函云县宅无损失，胡林朱汤庄西畈未受敌人蹂躏。寿山来函则云省宅后门已打开，损失较别家似较好一点，因斜对门高宅内有敌宪兵驻也。寿山云省城居民稀少，有之则专盗已闭门各家财物，或拆屋瓦之穷民小贸也。回思往事，心乱如麻，然此时叹亦无益。当日自信国军作数月之工程，未必放弃武汉，进一步想，亦不料田家镇为敌所破也。平生信任政府太过，去年七月各报宣传陈司令有保卫大武汉之把握，民众脑筋中似认为武汉外围决不致失守。呜呼，岂料武汉亦弃之耶。晚饭后小坐即寝，时尚九点半，今夕亦未打坐，睡尚安。

十一日　小雨如雾　竟日未散　夜十时有月色　三月卅一日　星期六

八时半起，昨睡后醒时甚少，今晨遂早起也。饭后以小雨路湿未命迟生来此，嘱祥焕下山取其所写字来一阅。午后四时半闻有疯狗自山上来此山，已上此路。呼老王、祥焕持竹杆击之，遂惊走矣。初九日上午有一疯狗来余寓二次，并咬伤袁姓二狗，旋往陈秀升家，伤其母犬并咬死二小犬。此地疯狗于春间伤人畜，非奇事也。晚九时此狗又沿溪河路上来，众犬吠之，寓中均闻其声，如不击死，明日必伤人畜矣。夜间小睡一时许，再起坐三小时遂寝，梦熊镇山、毕斗山、镇山住宅后有窗棂，前没于街面之下，又试圆光术，童子不能见，扰扰数时乃已。醒后默记，不知熊现在何处也。

十二日 雨 晚十二时有月色 大风 四月一日 星期六

八时半起，九时闻昨夕疯狗已为陈光锦等击毙。午后以雨未能出门，补写复各处信十二件已毕，计谢涛伯、周仲章、祥安、先林、寿山、华朴、炳臣、海如、凤山、文相、佛波等。晚十时风大转寒，打坐二次，十时半寝，先展转不寐，自是多杂梦，见先父母如生时，余寻单绸衣着之，盖夏际也；又梦候轮船乘之，或者今夏初可归本县欤？

十三日　雨　晚有月光　四月二日　星期日

九时起，饭后雨已湿路，未能出门。午后三时闻又有一疯狗直奔上山，后有人逐之。此地疯狗为患，殊为虑也。晚补写未竣之信，十时寝，多杂梦。

十四日　阴　晚小雨后又有月色　四月三日　星期一

九时起，饭后命迟生来，授以薛福成《观巴黎油画记》并唐诗二首。晚间又写文旟等各处信，付老王明晨往宜市。计发出函十二件，并附带物件洋三元五角。晚十一时寝，梦廖纯古与余同逃过某地，人多如鲫，途遇稚松之妻呼余，余漫应之，仍前行。又余右目下急生小泡疮，程云妹为我抓去之，醒时似犹有痒痛感觉也。

民国二十八年（1939年）　二月

十五日　晴　四月四日　星期二

晨二时半闻老王起，扰扰数小时其出门也，大约黎明与袁世高同去。八时起，饭后十一时约迟生来上课去。午后欲阅书，无处可借，闷极。晚间预备命祥焕明日往小溪塔取老王在宜所购物件，嘱其明晨去。十时寝，多梦。

十六日　晴　午后大风　四月五日　星期三

七时半起，饭后十时久候迟生不至。午后余因以三民来，遂同往视，则知与道孙往陈子头去买油去，与惠安略谈即归。明日清明，未能在本籍祀朱胡二姓宗祖坟墓，思之黯然也。在万内子处取来根儿行箧中所置高中国文及历史，并地图二本。神伤，见遗物。归后阅全祖望《梅花岭记》，述史阁部守扬州及遇害时事，泪如雨下。阁部忠烈可以泣鬼神，而全先生文字足以传其神似，读之不堕泪者非人也。呜呼！明之亡也，忠义之士愤而自尽者多，史公不轻于一死，必至守扬数月，以疲满清之师，存东南之正气，及势无可为者，天也。天佑满清，故使吴三桂、洪承畴二贼不死，以引满人入主中夏，致令我汉族受廿馀年之屠杀压制，而后以假仁义抚中下之人。以科举愚智识之士，雍乾以后，民族遂忘其种族，称其仁如天之君，而不知吾君实为杀汉族取天下于明朝者也。呜呼，岂非天哉。继阅张惠言《先妣引述》，亦触事出涕，甚哉，文字之感人也。晚间打坐似不得其法，近已行之十日，无甚验，何也？十一时寝。

十七日　晴　四月六日　星期四

七时起，阳光甚烈，遂自检各衣帽晒之。十时迟生来上学。十一时祥焕归，携有受虚信，约余与惠安即往巴东者。向秘书函约即回民厅，并述及汤伯纯于三月十一号在宜身故。汤年尚轻，甚精干，民国廿一年即在民厅服务，今已八年，其父去腊由金牛步行到宜，曾来视其子，今子遭客死，痛心可知也。此人彬彬有礼，奈何不寿。阅向函，系三十一日所发，向亦笃于私谊者。前次老王送信至三游洞时，即闻萧液垓云向与周方立俱在宜市招呼汤之疾病，萧与老王述及汤疾难愈云云，今果死矣。令余亦生愁也。阳春带来报纸，自上月廿二号起至本月二号止。南昌已失，德并捷克，均系要闻，令人惊心触目矣。晚十一时寝。

十八日　晴燥　四月七日　星期五

七时半起，八时闻陈季明带队来清乡。九时半往晤之问各事。十一时带迟儿来读书写字。余拟二三日自赴三游洞办公，势迫如此，非出门谋薪水以养家人不可。连日以来，百感交集，思乡之念愈不可遏，奈何奈何。晚九时同屋袁世高之媳已产一子，大小甚安。余以今日作事晒衣服疲甚，九时一刻即寝，转钟二时半醒后展转不寐者约二时许，自是梦余与迟生回武昌晤及丁国澄，自谓其家什物保存赖明司夫之力，明，其家老仆也。又似过铜元局街，人多忽戒严，不能通过，遂与迟生下车行，且距余家不远矣。又与迟生检鄂城住宅所藏，俱散失，凌乱不堪，其二大柜内朱鼎元、朱继昌木刊旧日大名片印在内，又另刊一胡字，迟生遂置于大网篮内。又皮箱二口，又包袱二个，或者将来收拾。残物仅此欤？又韩少荃来访，余谓去日使汝先有通信地，余去岁不令胡升看住宅矣。又梦夏炳丞。醒后枕上自度，丁，值也，值国澄，清与明耶，夏初可归耶？噫！此皆动归思所感召也。国澄又谓与余尚有文字账须清理，入其室，电灯装置各什物完好如其家曩时状态。余又与其母拜年，其母曰，君尚记得祝年耶！

十九日　晴　晚六时小雨　四月八日　星期六

七时起，八时饭毕，十时陈季明同三民来坐谈一时许去，兼述此间小峰河陈某父子及张家口张姓、寻子头郭姓为人捏词，向省府诬控事。十二时命迟生来写字读书，约二小时去。傍晚小雨，九时寝后陈继先约同县府周队长，即来拿陈姓父子者，述此案经过，约一时半方去。吾国各县人心太坏，报复诬陷者比比皆是，近数年间寻仇报复之事层见迭出，殊可慨也。县府不察，警长、队士、政警借机会发财，向乡民敲诈，此则数百年之劣性根不可改者。平时薪饷甚少，且不按月发放，乌得不向乡间因案敲诈耶？周等去后，余视时计已十一时，遂再寝。梦吴健号仲行与余及来宾相聚一室，彼自云欲辞去副处长职，并述其戒烟经过。醒后知吴去年住陆大，在湘，然不知其存在否也。

二十日　早小雨　午后晴　四月九日　星期日

七时起，九时陈三民为陈光鄂等事送呈文来看。十一时约迟生来读书写字，约二小时方去。连日闻蛙声阁阁，似吾乡春景，益动思乡之念也。晚六时至惠安寓中一谈，与陈玉清谈及光鄂案。县府队士苛敲如此，在鄂东诸县无此凶队士，乌呼，中国县政尚堪问耶。晚十时半寝，三时醒后展转不寐约一时许，旋入梦乡，似敌已攻某城，逃乱者众，各保甲长尚酒肉喧哗。余杂坐其间未食，彼等不问，余亦不敢言，旋逃某街中，行者仅余与某一人，冷落亦不能呼人而问之，且系有星之夜间。再入一大洞中，又似高石室状，中点植物油灯甚多，地下置铁灯盏甚多，一人牵绳而范之，闻系练新兵，并见队长教一兵舞塞极大之旗，呼呼有声。转角有士兵数人席地卧，或谓此中有新兵数千，秘而操演者也。余又虑不得出，正急遽间忽醒。

廿一日　早大雨　午后阴沉　四月十日　星期一

八时起，午后写题目四个，命迟生作之。余拟明日往宜市，因老王已归，雨未止，不能定。晚间打坐二次，九时半寝，转钟四时醒，旋闻雨声，展转一时馀不寐，自是多杂梦。

廿二日　早小雨　午后阴　四月十一日　星期二

九时起，饭后剃头。十二时半陈宅派人来问余行否，已代雇轿伕，余已许以天晴即早行。午后至秀升家，与迟生嘱各事，交八元与之，便阅其作白话文，较去岁稍好。归后清理各事，晚间准备明日出门各事。心中抑闷。余每次出门，在本籍多感想，每有不愿之意，况今日在外县乎。十一时醒。

廿三日　晴　午后热燥　四月十二日　星期三

五时半起，轿夫已来，六时匆匆食鸡蛋毕，即与老王、轿伕、挑子同出门。天色大明，定儿依依不舍，在门外与余亲昵甚，令余生种种感慨也。轿过惠安寓，呼与语，嘱各事，至寻子途略憩片刻。今日轿行甚速，到廖家林饭毕，休息半时，午后半时已到小溪塔，晤文伯、刘树青诸人。老王买物耽延一小时，二时半动身，四时到冯艺林家略叙数语，恐天晚，催伕子速行，六时已到安济桥，遇向胖佛、贺葆三，立谈数语。到洞后细询无睡处，又嘱老王将行李挑子还许宅。汗透衣服，头已晕痛。此屋已办小学，教员周，阳新人，来谈一时许，亦从前认识者也。十一时寝后以人声嘈杂，坡下筑路运军，□喧呼，某家请巫，锣鼓震天，致余一夜未安枕也。老王亦在寓中宿。

廿四日　晴　四月十三日　星期四

六时起,七时到山,十时与胖佛言及陈光鄂等被冤事。午后打电话与陈县长,值其避空袭往河西去矣。乃与其秘书谈此事,彼云已悉此事,转告县长,归即讯结开释,遂嘱老王先归,与三民言之。政府开会,正午吃饭遇喻育之,并谈会中经费事甚详。晚间返寓,与周教员谈及阳新诸事,九时即寝。转钟后展转不寐,床多跳蚤,颇难安枕。

廿五日　晴燥　四月十四日　星期五

七时起,午饭后与喻育之同往山上坐谈甚久,彼约余明日必往乡间省党部办公处作长谈,已许之。晚归无聊,极多感触。寝后难安。

民国二十八年（1939年）　二月

廿六日　晴　大风　四月十五日　星期六

七时起，午饭后写信二件，三时乘小轮与阳春姪同船下，缘今早彼来述昨曾与宋济贤晤面也。宋昨来山述交卸后及回乡情形甚悉。四时到安安庙雇舆起行，舆行甚速，五时半过省党部遇叶桐，云育之在七里冲蔡巽安家，遂与谈各事，研究公函理由，就巽安家吃饭。七时至育之寓中晤及陈省斋，述汉川近情极详，颇多伤心之事，此殆与余臆断者相合，奈何奈何。为公函措词极难圆满，馀时与省斋谈近事。十二时半乃寝。展转不寐，转钟二时育之归，又与谈半小时乃寝。今日先母五周年忌辰，客中心烦意乱，竟至忘记。

廿七日　阴晴不定　晚雨　四月十六日　星期日

六时起，候舆未至，乃呼喻仆起，促舆夫来，七时乃行，八时即到安安庙河边，轮船来几次矣。九时一刻乃开三游洞，在船上遇顾局长、宋济贤，谈各事。到山后知向秘书未归。

廿八日　雨　午后阴　四月十七日　星期一

七时起，七时半到山，雨后路滑不易行。今日严先生到宜开会，张、石诸先生已行矣。连日无事，心仍抑郁，因雨尤易感触也。晚十时寝。

廿九日　雨　晚九时以后通宵雨　四月十八日　星期二

七时起，天阴尚可行，到山后仍无事。十一时闻有警报，旋知敌机到荆门盘旋即去矣。午后将行李搬入大寝室中，晚饭后与贺葆三、施方白等谈甚久，并请阎任之为我讲《心经》一次，颇明了。十时雨仍大，至大寝室宿。

三十日　雨　四月十九日　星期三

七时起,昨睡尚安。天雨路湿,到洞仍须用伞,极不便。葆三、方白与余谈诗,今日始稍默记数首,近来那有兴趣耶。午后欲写信,以事杂心乱中止。晚八时王安雪方来,携迟儿、梦闲来函,并转达邓实函一件,阅知玉生亦往渝也。

三月

初一日　阴晴不定　晚八时半小雨一次　四月二十日　星期四

七时起，大寝室空出小寝室半间，余与液垓、贡之等搬入，有大桌，就便亦可写字，甚适。午饭后民厅办公室迁至洞外新茅屋中，此屋皆山上，阳光足，无潮湿，惟太小，天热时必难受也。今日代办函稿一件。晚寝新搬之室甚安。宋济贤来此三次，无甚机会，请写函与喻幼香，情不可却，然未必有效也，明日当寄宜昌，俾其往沙时投之。

初二日　晴燥　今日谷雨节　四月廿一日　星期五

七时起，八时半闻有警报。十一时此间上空有敌机声，飞甚高，旋又闻贺秘书云敌机十八架由监利向南飞，大约袭湘垣也。午后代拟函稿二件。晚至旧居许宅，给一元与其媳，因前居数日彼又招呼茶水也。晚十时寝，甚安。

初三日　晴　四月廿二日　星期六

七时起，十时有敌机一架飞过上空。电话中始报告有警报，金称此为轻轰炸机。未几，闻河西高射炮声数响。正午厅长嘱余商捐税监理会经费事，二次约谈，谓可增为月支三百元之数，嘱即复喻委员决定后再以公函答复。三时乘小轮□安安庙起，便访周临川区长，约以今晚借宿，缘省党部无宿处也。雇舆行甚速，与喻委员谈半时许，就原舆归。路上馁甚，就一小馆吃饭，昂价而不适口，傍晚至区署。今日游姜诗甘泉井，有道光、光绪时二碑，述姜诗孝思。安安者，姜乳名也。今日燥甚，寝时以被厚不能盖体，夜起二次，乃着衣寝，二时、四时均醒数次。

初四日　晴　晚雨　四月廿三日　星期日

六时醒，七时起，周区长来，余以盥漱毕，约之往看点军坡石碑系述之事，系关夫子昔日在此埠点兵者也。立碑者为罗军门，旁记光绪乙酉年，背后有罗书"虎"字，大约三尺，刻甚深，小立片刻同周归。彼留余早餐，以趁轮时间促，未允也。九时半轮船工来，仍与师秘书和辅同轮。到山后小睡片刻。午饭后以喻育之言答复厅长。晚间天忽雨，十时寝后雨至，天曙时更大，似终宵未歇也。

初五日　雨　四月廿四日　星期一

黎明醒，闻雨声甚厉，溪声怒号。八时半起，天阴郁作为愁苦状，令人心胸不快。午后阳春托彼局中传达带来小大英烟一听，便付一函与来人带去。午后雨未停，至晚方歇，十一时寝。转钟五时起，见天已晴。

民国二十八年(1939年) 三月

初六日　阴晴不定　四月廿五日　星期二

七时起,午后得子谷函,云战事吃紧,江水渐涨,敌舰活动监利以上,殊可虑也。写喻育之、陈季明函俱发出。晚间抑郁,十时写家信三件毕寝。

初七日　晴　四月廿六　星期三

六时半起,分咐老王各事,并带函三件及购物件回乡。忆昨夜所梦,极奇离可笑。某当道带面具演戏,各大员同式动作约半小时。七时半盥漱毕,到办公厅写函与沈季弢、程少松。十时闻有警报,系敌机过沙洋,十二时解除。饭后又闻警报,半时敌机八架掠此间上空过,未几闻炸弹声甚厉。晚饭后下山探听,知云集路、通惠路、县府路、正川门以及河西安安庙、二郎庙及穆家店均被炸,正川门河中小船被炸,渡河避飞机者炸死不少云云。七时交通兵钱志祥归,余问之,与上述同。此宜昌又一次浩劫也。闻新任宜昌县长武长清恰于警报时接印视事，凑巧矣。屡打电话欲问文端、阳春二处，线总无空，遂置之。十时写喻育之、彭受虚函未竣，寝。

初八日　晴　四月廿七日　星期四

六时半起，七时往办公厅，闻有警报，旋闻敌机声，十时又闻警报，敌机一架来到此间上空。午饭后保安处用电话问宜市，则云当阳十里铺今日被炸矣。晚六时老王自小峰来述各事。七时补写喻、彭函已毕。电话约阳春来山，俾便托售麝香也。十二时寝，太晏遂不成寐。

初九日　晴燥　四月廿八日　星期五

六时起，九时半有警报，十一时敌机掠过上空二次，未几炸声大作矣。十一时一刻阳春来述各事毕，引之下山吃饭，又闻警报，乃上山，汗透衣裤矣。午后三时阳春持麝香去。晚六时闻宜市又遭炸多处，且闻河西亦投弹。晚至办公厅略坐谈,十时归,十一时半寝,展转不寐。

初十日　早阴　午后晴燥　四月廿九日　星期六

六时起,八时半下山欲剃头,而匠人不空,坐片刻,闻警报乃上山,敌机未至。上午十一时写信二件,午饭后嘱老王买各物,准备回乡。晚与任之、方白、子恕诸人闲谈,十一时寝。

十一日　晴热　四月卅日　星期日

六时半起,十时有警报,云敌机在藕池上空,后有一批数架云云。正午饭毕,匆匆与严厅长说明今日须离三游洞,午后二时阎任之送《和五十寿》诗稿来,已成者四首,未成者容补寄。二时半余带同老王下山,任之、子恕均送余。厅中人数众多,不能一一作辞,恐延时也。三时半乘省府划子在前坪下起岸,老王挑行李经前坪、后坪过水至冯家湾,天热汗出如雨,到后小憩。饭后与艺林谈各事，老王亦留此。夜九时宿其家，以身体疲乏，甚恬也。今日五时半往小溪塔剃头一次，并晤杨子云谈各事。

十二日　晴燥　午后大风暴　五月一日　星期一

七时起，嘱老王送信与孟迪甫。候陈季明至正午未至。午后大风骤至，黄沙蔽天。三时半迪甫犹未派人来接。五时半陈光绍等来接余，约以明晨必行，傍晚老王自宜市取回麝香，并买回零件等等，仍送冯宅。夜写信至十一时方寝。陈季明派人送信，云已与区署、县府发生冲突，请余至函县府，与艺林筹商再四，遂作函与区长嘱其即时解决，至转钟一时半交来人带去。自是寝不成寐。

十三日　阴　晴燥　五月二日　星期二

五时起，五时半轿伕、挑子俱来，老王清理各事。六时半起行，七时过小溪塔，晤郭彦伯谈各事，并买藕、蒜等件，耽延一时方行至石排滩，就一茅屋中早餐，食不饱。七时半行，自是经廖家岭石板岗，天热山路不易行，幸带有伞蔽阳光，目忽痛，以墨镜蔽之。午后四时到寻子途，五时到家，饭后略憩遂寝。

十四日　晴热　今夕月食　五月三日　星期三

七时半，昨睡甚恬，八时半饭毕。十一时到秀升家坐谈甚久，迟生伤风头痛，未起，检防风等药，嘱其服之。午后到惠安寓坐甚久，二时归。饭后小睡一时起，精神疲倦，无心作事，晚饭后饮米酒一大杯。十时半闻锣声、鞭炮声。余欲寝，见无月光，到堂屋视之，则月食初亏，已过十时一刻，食甚，渐到食既则十时五十五分也。自是月光红色不明者约一时许，转钟零时四十分渐现白光，五十分已现出钩形矣。自是余就寝，帐中蚊子嚼人甚厉，不能寐，秉烛照三次，且有臭虫、跳蚤，定儿亦不能睡，扰扰又二小时乃寐。忆余出外已九阅月，战事未结束，何时东归耶？思之焦灼殊甚。

十五日　晴热　五月四日　星期四

七时半起,早暾照窗多时,再睡亦难安稳。八时半早饭未能多食,九时晒衣服等等。午后一时半饮米酒一盅,饭仅食半碗。昨今两日饮食不佳,口胃不进,目疾略减。回忆故园,心极不安也。晚七时陈文伯派人送信来,欲余明晨到其家调季明与区长意见。天热山行,肩舆中易感热,余辞之,写函分致任区长、徐总队长、冯艺林,请其善为处理。季明不信余言,前果能照余函约到冯家,无此事矣。十一时寝。

十六日　晴热　夜转钟风雷骤雨　五月五日　星期五

七时起,八时半饭,余以时早未食也。今日天热甚,正午自炊食略增。约迟生来读书,闻其尚未大愈,交来文八篇,均不佳。此儿读书向不用心,奈何。欲写信付祥焕带往宜昌,以灯光闷闷未能作,遂止。十时寝。

民国二十八年（1939年）　三月

十七日　晴　今日立夏节　五月六日　星期六

上午零时四十分闻暴风起，雷声大作，遂起闭窗纸，电光闪闪，山雨骤至，约一时乃止，仍睡熟。七时五十分起，天气已渐凉矣。八时起，饭后写孟训明、朱阳春等函，并抄哭根生儿诗，嘱阳春代为油印，傍晚方写毕。陈季明之妻自其家来，附文伯函，似欲余往其家调季明事。天热路远，肩舆行一日恐受病，因辞之。九时付祥焕至宜零用二元，嘱以各事。此子不听教诲，恐其脾气未能改也。十时寝，梦李次瑜来言某事。

十八日　晴热　五月七日　星期日

四时闻祥焕起床弄饭，五时彼出门去。六时三刻余起，八时抱定儿外出。现祥焕、王安雪俱就事外出，定儿顽皮之至，无人招呼，必多倾跌之虑。饭后阅阎任之所赠《茗庐诗稿》上册已毕。午后定儿自往堂屋石阶跌下，头额上凸起，鼻亦破皮流血矣。三时后阅《茗庐诗稿》下册已毕。阎名毅，岳阳人，在江西庐山有茅屋，诗中多纪匡庐人物风景，与严立三先生亦系友谊也。前年立三自西北漫游返庐山，彼有一诗，纪事论断均得体。阎诗三百馀首，喜用生涩字句，欲学近人陈三立、陈石遗、易实甫诸人，表见其作，不落恒蹊也。平易大雅，余夙为此一派诗。阎诗与余不相近，故贸然不能评其优劣。晚十一时寝，跳蚤多，不能寐，挑灯起床四次。

十九日　晴热甚　五月八日　星期一

五时睡稍熟，正值梦飞机入上空矣，内子呼余醒，谓敌机声大起，细听之似轰炸机甚多，视表则五时三刻，天尚未大明也。余谓此必往重庆去者。六时半起，午后三时闻袁世高云有人自小溪塔归，谓昨夕敌机夜炸宜市，此为第二次再炸宜市之机云云。得子谷转来彭受虚、喻育之、沈碧舫、阎任之、胡升诸人函件，并附记少松转信地点，谓鄂中战局稳定，长江形势亦好，大势于我有利云云。知彭已汇款来宜，余拟即往喻育之处商各事。晚十时寝，今日跳蚤更多，难入寝。

二十日　晴热甚　五月九日　星期二

六时起，计今晨与昨夕共捉跳蚤廿馀，以故寝不安枕。此地跳蚤嚼人，较之胡林乡间为多，且多小黑虫嚼人，甚可恶也。午后约惠安来商往喻育之处议往巴东事，约二时许去。迟生简直不愿读书，不知人情世故，奈何。五时袁世高代雇挑子、轿子已妥。晚间清理各事，十一时寝。

廿一日　晨阴　九时晴　午后大风雨　雷电寒甚　五月十日　星期三

五时半起，六时轿伕来，六时半起行，惠安亦雇轿同行，至陈子途头购糖食、纸烟起行。朝暾射人甚热，至白木坪早点，经石板岗，天气欲变。至李家台子小憩，暴风陡起，雷雨忽来，自是不能行，时则十一时也，自后风雨交作。晚遂歇刘姓旅店中，幸此屋甚宽，人多能容，然寒如深秋，夜不成寐。

廿二日　晴　五月十一日　星期四

七时起，轿伕俱已吃饭，遂行。山路经雨，无飞尘入目，亦快人意。经锦文坡至廖家吃饭，经石牌滩至小溪塔，晤杨子云谈数语，至冯艺林家谈未久，陈季明已来，遂商各事。饭后与陈季明、艺林、惠安至后坪，闻周伯翔已出差，迪甫亦往宜市矣。祥焕来，遂嘱与惠安在后坪候余。余与冯、陈往前坪访徐总队长痴愚商各事，约半小时与冯同出，并闵弼甫同余打听话，嘱老王到冯家。四时回冯宅写信二件。十时寝，蚤多难成寐也。

廿三日　晴热　五月十二日　星期五

七时起，饭后又为季明写一函。午后三时与祥焕、惠安往小溪塔，剃头后已下午四时半，雇车至宜市。六时经亡儿根生墓，惠安买香楮烧之，墓已生青草矣。伤感无已。何时平静，必运儿榇回鄂城也。七时到宜，车经北门至正川门，沿途所见炸倒房屋不少。正川门昔日繁盛，今日凄凉之状难堪也。候祥焕至，遂渡河至安安庙，雇轿至老女湾省党部，天已昏黑，打电话毕，回至太平桥，无宿店，遂转至一陈姓新开店中。人多烦闹殊甚，命祥焕弄饭，食后已十二时矣。宿其店，展转不寐。

廿四日　晴　五月十三日　星期六

六时起，洗漱毕，与惠安、祥焕寻一茶肆早点毕。八时访喻育之谈本会经费事约一时许，便晤刘绍安、谢兰倚诸人，知重庆自"五三""五四"狂炸，"五七"夜狂炸，共死伤万馀人，诚为浩劫。昨日下午七时闻又遭狂炸一次，谅伤亡不少，倭奴之于吾国，何仇之深也。就蔡巽安家吃午饭，午后一时至太平桥与惠安等步行以延时间，惧空袭也，至东山茶社休息，值下午三时，卧椅甚适。未几，刘绍安来，与共话，五时半方动身至安安庙，渡江起岸后访王文端谈半小时，访陈子谷谈片刻出。今日午后八时天色未黑，霞光返映，天空愈明，逆料以后时时须防空袭也。苦矣宜市之人。与惠安等雇车至小溪塔，九时半到罗家饭店，无宿处，腹中又馁，乃寻一馆，值其罢市，商之得饭半盂，食毕同祥焕、惠安宿罗家楼上，一夜未眠。

廿五日　阴　五月十四日　星期日

六时起，嘱罗家弄饭，七时买杂物，八时饭毕，雇挑子。余以未得轿子，遂与祥焕等步行至石排滩过渡，至廖家林小憩，已行十三里矣。天不甚热，尚可支持，觅轿子不得，又步行七里至锦文坡，嘱光绍借轿子来，而抬杆又不能用；乃至石板岗，至白木坪，有轿夫一人，而又刁狡甚，卒之无轿可乘；遂决意与光绍同行至大桠枝，足力已疲，山路崎岖。昔在幼壮年均未能行平路三十里之遥者，今日乃行此山岭，真受苦不堪。七时到寻子途，以天色尚早，遂赶行，下大坡之后距小峰三里时，足滑一跌，左臀坐下，右后额撞石上，立时坟起，虽痛亦必行。天渐黑，虽携有灯笼，恐无益也。至惠安寄居地，足软身汗不可支，小憩，仍拼命上下坡，至余宅中，抹汗吃饭后卧床上，头额臀部痛楚大作。计今日步行山路五十五里，若以吾乡平路比之，已七十里矣。倭奴何时可灭，余辈何时东归耶？昨夕黑暗过镇境山时，隐约中辨亡儿墓地时，心酸之至。吾国召外侮者，有人平时骄奢淫佚，上下相蒙，横征暴敛，至酿成倭奴觊觎，使吾辈流离至此，至今欲哭无泪矣！清检各事，十一时寝。

廿六日　晴　五月十五　星期一

八时起，臀部、右额疼痛，以万金油敷之，效力甚少。午后与袁世高谈各事，晚十时寝。

廿七日　晴　五月十六　星期二

七时起，浑身骨痛，额角撞处已结瘢。午后清理各事，晚早寝。

廿八日　晴　五月十七　星期三

八时起,疲倦甚,右臂上作痛,如去岁气挫状。晚嘱梦闲以鸡子煮熟,在皮外滚之,略好。十一时寝。

廿九日　晴　五月十八日　星期四

七时起,手足疼痛稍减。前日行路多,颇难复原状也。拟写彭受虚、程次松等函,明日命祥焕送小溪塔发出,检前日自宜市子谷处退回信件。致胡贵堂、龚少山二航空函,致萧敦五、龚少山平信二件,致胡林贵堂明信片,俱退还邮局盖印。该地情形特殊,无法转递,故退。小字云湖北邮区内地邮件清理处字样,此系去年七月廿二、廿三所发,恰值武汉沦陷之时也,馀函盖有邮件档案清理处字样。吾生不辰,每一念及乡间事,心痛而已。晚十一时寝,跳蚤多,不成寐。

四月

初一日　早小雨　旋晴　五月十九日　星期五

七时起，祥焕携函件八时往小溪塔去。今日孟夏首一日，余来宜已十阅月，来小峰已六阅月矣。东望故园，忧心如捣，抗战至今，总在退守，随县、枣阳前又失陷，襄樊不知能守否？敌军设再进逼，将奈之何？计上月重庆四次轰炸，死伤万馀，情形极惨。宜市连炸数次，居民绝少，设不幸不守，又将奈何？失陷之区民众固难处，未失陷被威胁之民众则更难处矣！言之殊痛心也。晚与世高至秀升家略坐，并示迟生各事归。十二时寝，跳蚤多，不成寐，夜起五次。

初二日　雨　旋晴旋大雨　晚晴　五月二十日　星期六

七时起，午后四时祥焕自小溪塔归，携来近日报纸九份、子谷函，均云鄂北战事转好，豫南亦胜利，敌死伤逾万人，闻之甚慰。又刘伯阳函云其妻二月间产亡。龙汇东函又附七律二首，前次彼作索和，余以心烦乱未应也。又周北翔结婚喜帖一件，五月廿四喜期。余记北翔似已有妻矣，胡又结婚耶？北翔为周焕章之子，其父在光绪间曾住寒溪小学，年龄特长，自是教读一生，颇窘以死，其子今为工兵营长，彼未见也。邓实来函述重庆"五三""五四"被炸事，尚未料"五七"夜袭重庆之惨也。晚十一时寝。

初三日　晴　小雨数次　晚晴　五月廿一日　星期日

七时起，午后与袁世高说各事。渠云明日到当阳、浉溪河等地，便告知各语，将前日带回各报取出重阅。写复各处函，备有便人带出邮递。晚十一时寝。

初四日　阴　早雨　时雨时阴　今日小满节　五月廿二日　星期一

八时起，午后写复胡干城、周淬成、邓虚若、夏赋初、袁希德、刘伯阳、程少松、陈子谷、朱阳春等信件，备有便付小溪塔发出。晚十时寝。

初五日　阴　雨　五月廿三日　星期二

九时半起，倦甚。午后命祥焕取菜油四十斤归。前已付袁老板菜子洋十八元。晚补写日记，十时寝。

初六日　晴　晚有月光　五月廿四日　星期三

八时半起，迟儿来云万内子嘱祥焕检药，谓已请郭彦伯看病，饭后命祥焕往寻子途购菜及各物归。晚十时寝。

转钟后梦余乘大轮东下，船名平和，极宽大，后有院，石子所砌成，有大房舱三，余欲以二票代房舱，乃为胡太辅补统舱票一纸，经理账房为彭梓芳师，未着上身服，臂背之肉隆起也。房舱中俱有大厕。宝船行甚速，与余同归者似有夏炳丞，亦代写房舱票，噫！何时东归欤？

初七日　晴　五月廿五日　星期四

七时起，饭后往万内子处视其疾，检药再服之。与迟生说各事，便至惠安寓一谈。晚七时上空有飞机声，不知敌机又往何处轰炸。总之战事一日不停，鄂西北民众不能安枕也。十一时写封各处信件，计连片共九件，十二时毕，备明晨付祥焕往小溪塔发出。

初八日　晴热　五月廿六日　星期五

七时起，八时分咐祥焕往小溪塔各事，付洋五元，并信件与之。饭后检昨日在陈三民家所借四书全部，又《皇朝经世文编》残本二本阅之。拟自今日起从《中庸》温习起,用墨点志。前年春在籍检幼年所读四书,至省宅欲温习之,东涂西抹,旋读旋止,人之无恒心如此,年逾五十,更犯此病,奈何。四书中多古字,须提出另记之,其通字亦记之。今日为佛生日,丁巳在阳新见家家晒佛,亦奇事也。连日思乡,百感交集。晚八时温习《学》《庸》已毕。古文通字亦另本提出之。十一时寝,跳蚤嚼人不成寐,起三次,睡熟多梦。

初九日　晴热　晚大雨数次　五月廿七日　星期六

七时起,午后至惠安寓,并呼迟生来问各事,便往万内子处坐半时。与秀升、玉卿、三民、郭彦伯谈半时出。六时半祥焕归,携带杨启疆、姜显谟覆函,并罗资深自监利来函,知宋济贤、郑桓武俱接事矣。馀为阳春姪寄来之报九份,赣北、鄂北战事似已胜利,随、枣已收复,惟各大都市自去年至今被敌占据后实未收复一处耳。晚读《学》《庸》已毕。十一时寝,多梦。

初十日　晴　天热如蒸　午后雨　晚大风雨　五月廿八日　星期日

八时起，今日天气骤热，地面潮湿，未能作事，欲读书以疲倦，欲往南边访龙汇东又无轿夫，心抑闷不堪。晚大雨数次，十一时寝后热不可耐，欲盖被以热不能寐，旋起旋坐，蚊蚤嚼人，可厌也。

十一日　晴　五月廿九日　星期一

八时起，午后写笔记数则，记前清县考事，隔三十馀年，一切制度已不能逐一记忆矣。他日回乡必寻廖纯古、张肖鹄诸人问之。前清秀才城内仅傅幼虚、程稚松与余三人而已，举人仅张季馥尚存。季馥中举年最少，今亦六十馀矣。晚七时袁世高归，问以当阳及沿途事，均甚平安，行旅亦便，汽车通行，大约前数日报载敌人败退，谅系确事也。十一时寝，蚊虫、跳蚤嚼人，盖被又热，通宵未寝也。

十二日　晴热　五月卅日　星期二

七时起,午后阅《经世文编》二本已完。晚写信三件,准备明晨往访龙汇东。十一时半寝。

十三日　早雨　午后阴　五月卅一日　星期三

五时半起,命祥焕烧水,饭毕,朝暾已见,天忽雨,遂迟至七时半起行,在张家口候袁世高约半时,便看一小铺屋,因世高约余做小生意也。十时到南边易宅唔汇东,晚与同至覃□甫家进神圆光一次,看光童子三人均不甚佳;得印象如将来可成事,实则吾辈所愿也。晚九时经请乩,问战事得二诗,极鄙俚,问答似不负责,不可信也。十时归,食面半盂。十一时寝,以今日早起又劳顿,上床后即睡熟矣。

十四日　阴　六月一日　星期四

八时起，九时稀饭毕，十时与汇东至易宅老屋，百年前所做之屋也。堂屋、房间均小，屋虽坚固，阳光太小，然不脱老富绅习尚也。晤王会，新自沙市搬来者，述沙市念佛进神诸事，谓将来不至遭劫云云。倭祸如此，恐此言不可信。十二时午餐，酒肴甚美，候轿夫未至，遂小睡。午后三时醒，知轿夫已来，遂与汇东夫妇谈片刻，四时半归，至张家口略坐。七时半到家，天忽雨，片刻即止，晚饭后十一时寝。

十五日　阴　六月二日　星期五

七时起，饭后阅杂书，连日无聊甚。晚又以跳蚤多不能安寝，殊多烦恼。午后郭恒升带报六份。子谷来函云我军迭次胜利，甚慰。晚十时寝。

民国二十八年（1939年）　四月

十六日　晴　六月三日　星期六

七时起，饭后复阅昨日带来各报，晚间为蚊、跳蚤所苦，难成寐。

十七日　晴　六月四日　星期日

九时起，倦甚，饭后阅报。午后三时小溪塔带来梅先霖信一件，阳春代买药品一包、樟脑丸、剃刀等件。张家口张仁山送茶叶、干鱼来填情，谓从前函知县府开释彼等也。傍晚写子谷函并复梅先林、姜显谟、罗资深函，寄报与先林阅，均备明日由陈姓带往小溪塔发之。十一时寝，转钟四时醒，跳蚤嚼人，难成寐也。五时梦先君，容貌不异平时，与余商各事，又见吴凤迁在余宅中。天欲曙时梦周子书幼书之弟也，来访余，余与之坐谈。门外大月光之下夜分入室，子书携其所带皮箱入门，忽见先母着蓝布旧褂，背上补缀甚多，手提烘炉，不识子书，遽入厨房中，灯火犹明也。先后梦先父母,主何事耶?余避难于此,不知先父母坟墓安否?吴凤迁不知尚存否?

十八日　早小雨一阵　午后晴　六月五日　星期一

七时起,八时陈姓小仆来取陈子谷、梅先林等函,并报付小溪塔邮局代发。午后无事,补写《闻见录》数条,纪清季诸事。本无关大政,然清代掌故礼节,恐百年以后无有知者,此等书类,他日回乡必约罗资深或袁子青补记成巨帙也。余以写字为苦,纪事文言太多,写不及也。晚十时寝。

十九日　晴　今日芒种节　六月六日　星期二

七时起,饭后晒各衣服。今日天气转热,节届芒种,是五月矣。倭祸不能解决,近来我军虽云胜利,但江水已涨,敌舰可以直冲上游,且被敌占之省会及各大商埠未恢复一处,敌人据点皆系商场繁盛者,运输便利,久久施民众以假仁义，则后患不堪设想矣。奈何，奈何。午后六时半下山与迟生讲国文，并教以抄文言文数篇，借练习小字也。迟生废学已年馀矣。施南之联合中学以其年稚又不能往，此间又无相当之地可上学，坐令其荒废时日耳。晚十一时寝。

二十日　晴　六月七日　星期三

八时起，连日不知宜市消息，写信数件，拟明日付祥焕到小溪塔并至城市探巴东开船期，嘱其往阳春、文端、子谷三处面询各事，十时写毕。交款三元买物，以一元还陈益三药账，馀二元给以川资并津贴也。十一时寝。

廿一日　晴　六月八日　星期四

七时起，八时接阳春寄报三份并函一件，云潜江已失，建厅往巴东船人甚拥挤，并无铺位。民生公司轮不易搭，先登记然后打针买票，极麻烦也。中国卫生署丑态多，在中国境内逃难人多，值此非常时期乃行此无聊之事，殊可恶也。午后未作事，人亦不适，阅报纸，国际上无若何变更。晚十一时寝。

廿二日　晴　六月九日　星期五

七时起，午后便看四书，《学而》至《述而》止。三时三刻天际有敌机声掠对面山外上空，层云蔽之，似有三架。四时余往惠安寓呼迟生来与讲全祖望《梅花岭记》大半篇去，五时归。六时祥焕自宜昌回，带来报纸三份并子谷函，述我军仍在胜利中，不久当有空军来助战，因新自美国购有新式战斗机百五十架也，阅之甚喜。晚十一时寝，连日山闻蝉声，晚间蚊蚤仍嚼人，以后天热更可厌矣。胡承颜来函，述武昌住宅已托陈仁周看过，保安门正街各屋仍存在，但门窗户扇不全。余宅前面所封砌之砖仍好，然不知后门早已为人拆开，搬去什物也。倭寇可恨，武昌穷民不走者作贼可恨，然致吾国如此状况者，何人耶？嗟乎！战祸延长，近来又见旱象，设不幸而成灾害，则更可虑矣。搔首问天，将奈之何哉！

廿三日 晴 六月十日 星期六

七时起，饭后阅四书。连日乡间望雨，竟无雨意。今正初一日起至廿二方有晴意，然未晴也。余已知以后必有望雨而竟不雨者。余童稚读书时，风、晴、雨、雪各当其时，迩时上下相安，真所谓民康物阜。民国改元廿八年间，天灾人祸，无时或已，真所谓乖气致异欤？晚十一时写信分致喻、彭、龙诸人，并复胡承颜，致陈仁周，鄂城龚少山、万子云、邓实等函，分付祥焕，命明晨往雾渡河谒余区长之便发出，嘱各事。十二时寝。

廿四日 晴热甚 六月十一日 星期日

四时起一次，五时再起，呼祥焕吃饭，早往龙汇东家，出外看天色，东方赤云横亘，逆知晴热，祥焕饭毕出门，余已睡熟矣。旋陈光鄂来，余起与询各事，嘱以后小心勿乱语，因特务工作之人尚可陷害彼等也。九时食稀饭一盂，十一时倦状已见，遂昼寝。忽梦龚少山自鄂城来此，惠安道之，少山云本月十五动身，余谓昨已发函与君，并云去秋接彼函及复航函各事。未几，少山述先母似存者，先含糊言病状，继流涕，惠安亦泣，余谓母已死耶？少山乃云此次系来送信，惠安述严厅长曾致吴国桢一电，转到鄂城义兴祥问讯，确知余母已死，余遂大哭，欲回籍奔丧，伏地痛哭，以头乱撞，失声遂醒，乃知为梦也。余昼寝向无梦，此何也？寄函鄂城触动乡思欤？先母墓地不安欤？醒后即祀之。今日上下午晴空无云，为入夏以来第一热天。晚间阅旧日记，仅带者四本，虑其脱落误字也。余每写日记不复细阅其所记账式也。九时五十分有敌机三架由此间上空掠过。十一时寝。

廿五日　晴热甚　六月十二日　星期一

七时起，饭后阅《孟子》，看《经世文编》顾炎武之文为多，又朱字录记老子事，甚有见解。晚六时候祥焕未归，不知彼另往何处去，因预记今日四时必归也。王安雪七时自宜昌来，问以各事，知施南、巴东均被敌机前日炸过。昨晚十时敌机十馀架系炸成都掠过宜昌者。敌机能黑夜飞行，我将何以御之耶？十一时半寝。

廿六日　晴热甚　六月十三日　星期二

六时起，呼老王弄饭，木匠二人来做工，余遂起。未几老王去宜昌。晚八时半祥焕归，携四区区员章宗辉所答路程，谓自雾渡河起，三天到兴山，由兴至归州，路好走云云。十一时寝。

廿七日　阴　小雨一次　六月十四日　星期三

七时起，饭后陈三民来送渠宗谱，并阎姓谱来看，乡间真无书可阅也。便留其吃饭，谈至午后四时方去。今日木匠已将洗澡盆、饭做起，另做小木工数件，四工仅六角，亦颇廉也。晚十一时寝，以蚊蚤咬人至起数次。转钟二时乃自升火泡炒米一盂食之，仍坐一时方寝。

廿八日　雨　正午大雨如注　六月十五日　星期四

十时起，天大雨，气候改寒。饭后世高为我剃头一次。午后雨更大，约三小时乃止。山水怒发，溪声响彻两岸间。宜昌纵横百里俱望雨，此不啻大降甘霖也。昨日又感寒，鼻涕嚏时作，喉中绿痰不得出，咳时喉痛异常，极以为苦。晚十一时寝。

廿九日　阴　小雨时作　六月十六日　星期五

九时半起，喉中绿痰咳出一二口乃松动，惟痛不可忍。饭后阅蒋方震所著之倭人、外国人之评论，盖译自德人某某日记中，述日本人各弱点及其野心甚详，约十馀页。晚饭后以路湿不能行，仅在门外小立数次而已。溪声仍怒响不已。晚寝，蚊蚤多，起数次。

五月

朔日　阴　六月十七日　星期六

九时起,午后无聊,遂裁宣纸写字三页,正楷行书,笔墨久疏,直不成字矣。连日无菜下饭。三时陈三民来,留与饭,便就其家取黄□等件归,嘱家人弄出,实少味也。晚寝以蚊、蚤多,极不安,起四五次,殊为可厌。转钟三时梦在嘉鱼县闻电话,有敌机三十六架到上空西飞云云,醒后尚依依电话声在也。

初二日　阴　六月十八日　星期日

八时起,写行楷大字各一张,饭后小睡一次。久未得宜市及各方消息,明日拟派祥焕往小溪购物取报,借便发函也。近来脑筋不安，思想变迁，数日不同，或一日不同，甚或一日中思想数变也。战事不结束，吾侪何时东归耶？晚写碧舫、子谷及罗国贞等函件，计八件付祥焕，另以洋购零件，十时寝。

初三日　晴　六月十九日　星期一

七日起，祥焕已出门去矣。饭后无可阅之书，无借书之处，闷抑万分，此地又无他处可游者。下山之路不到黄昏时即行人绝迹。予居此地数月所见如此，设天变风雨，大热大寒时即无行人。昕夕对此静如太古之山与喧扰不息之溪声而已。寓宅四无邻居；近一旬来昼则蝉声震耳，夜则百虫喧到枕畔，睡熟时尚无碍，如展转不寐中闻溪声、虫声，则烦恼万分，益触怀乡之念也。午后袁世高在陈玉清家借来《地理辨正》一套，清代云间蒋平阶著，蒋字大鸿，浙人也。其门生胡泰征、姜垚、于鸿仪及毕解元世持，皆能传其所学，驳江湖俗士以堪舆谋衣食，不学无术，以《天玉经》寄食士大夫家，及使人迷信，令其祖与父骨久停不葬，陷人子孙于不孝。其有功世道，诚非浅鲜。余向不喜堪舆书，且恶言风水，草草阅过，莫名其妙。又借来《撼龙经》《疑龙经》等书，石印字小，更不愿看，数小时浏览毕矣。晚十时寝，跳蚤多，十二时起二次。转钟后时时起照，又不能捉，自是伤风鼻塞不能寐，至天明略一昏眼而已。蒋平阶字大鸿，华亭人；姜垚号汝皋，会稽人。他日当检《名人录》查之。

初四日　晴热甚　六月二十日　星期二

六时起，昨通宵未寐，右眼红肿，因不寐而虚火上升。早饭十一时方食，食后小睡一时许起，咳嗽大作，较前昨二日更甚。午后世高自张家口归，云保安团约五百人过此拉夫厉害。云兴山黄良坪兵变，开队剿之。云陈秀升至口为予买猪肉，明日端午节食荤，然未几空手归。据闻屠户因过兵不宰猪，又虑其强买不给钱也。傍晚无聊甚，动思乡之念。十时寝，天热蚊蚤多，展转不寐。今日祥焕自宜市归，取回鄂城洪英及贵堂来函。

初五日　晴热甚　如伏　六月廿一日　星期三

七时起，天热甚，今日无菜蔬，室中剩有红蜡一对，正午乃借袁宅进香。老袁十时自寻子头割艾一捆归，便摘二支插之。午后二时张性第送豬肉五斤来云购自单泉潭者。遂属梦闲办菜肴数事，备明日接秀升、玉清、三民等来此，因久与三民约者也。余自饮酒三次，并给祥焕酒菜肉诸事。彼好饮，不知其餍足否？晚间更热，因忆去年端午余在民族轮船中度节，午后过宝塔洲，晚停嘉鱼县。今夕乃因逃难来此穷山谷中，亦可怜矣。十二时寝，极不安，多梦。

初六日　晴　酷热　大约九十度以上　今日夏至节　六月廿二日　星期四

六时起，自升火烧水，九时饭毕，十时家中办菜已齐，遂嘱祥焕约秀升兄弟并惠安、迟生及世高与余并祥焕共一桌,十一时半开席,午后一时散去。晚热蚊多,寝不安席,转钟一时犹未睡熟。

初七日 晴 酷热 大约九十四度 小雨一次 六月廿三日 星期五

七时起,东方红光日烈,已呈酷热状。饭后写信复洪英、胡贵堂兄等。初四日祥焕自小溪塔随来鄂城各处函六件。余两处住宅什物为人搬尽,今日方明晰,以三十年之蓄积添置者,抗战以后乃散去,亦有定数。始当时余悉以省宅、县宅什物,分搬胡林与朱汤庄,亦是易事,徒以信任吾国军队之众可御敌,政府能力外交俱可制敌,万不料敌兵能飞渡田家镇也。乃自失算,于人何尤!以后回乡,有何财力以添置耶?晚十时寝,忆及明日为余五十四岁初度,去年在武昌犹具酒肴进香,义女王性淑来家拜寿,留之酒食去。今乃住此山中,抑郁无已。十一时寝,天热甚,展转不寐。

初八日　晴　酷热如蒸　正午雨　午后三时大雨　六月廿四日　星期六

六时起，赤云东起如二伏热度，室中闷不可耐。九时闻老三往陈子途，便托购糖及面、蜡等物，十一时归，无蜡烛致未进香。道孙送切面来。正午大雨如注。余饭后嘱梦闲煮切面分袁宅诸人食之。今年生辰清冷如此，则予所不及料者也。午后三时大雨倾盆，四时以后山洪暴发怒吼，水声与石相搏，声震山谷俱响，晚犹未止。予以天气转凉。八时半早寝。

初九日　阴　雨　六月廿五日　星期日

六时醒，遂起，昨睡甚恬，虽有蚊蚤嚼人亦不知，且疲倦乃得安也。九时饭毕，十时遂立意写信复洪英函，计六页，约四千馀字。复贵堂函约千字。其馀则致伯阳、文端、广纬、子谷、凤山、淬城等，写至晚八时方毕，约写万馀字以上，手僵矣。九时交祥焕，备明日往小溪塔发出。十时寝，天雨未止，蚊多嚼人，寝不成寐。

初十日　阴　小雨时作　六月廿六日　星期一

五时起，烧水饮，六时再起，闻祥焕去小溪塔。九时饭后无可阅之书，补写笔记数条。近数月中思乡更甚，白昼抑郁，幸有小儿定生活泼游戏，以混目前，时一霁颜而已。晚间未睡熟，时则左思右想，以至不能睡，殊为苦闷。离乡土已十一月矣，既恨倭寇，又恨汉奸，然酿成吾国成此现状者谁也?！令吾民受人欺侮，妇女为倭人蹂躏。昔年奢侈万分，骄气十丈，骄奢淫佚，恐已预支殆尽，而民生痛苦并未计及，说话好听，无时无地不欺人也，可慨哉。晚十时半寝，梦陈子周住方宅，房甚宽敞，夜深余访之，又见大寝室如学生宿舍，行李整置似昔年湖堂形式，转钟三时醒，尚了了如在目也。

十一日　阴　小雨时作　晚晴　六月廿七日　星期二

七时起，饭后读《上论语》。午后三时读《下论语》毕。傍晚候祥焕未归，不知如何情形。晚饭后思近年所料各事，均十有九准确，但余不能即决断而行，终至失败，如物价之涨，有钱而不先买，省县二宅诸物件，当时时非迫促，有财力、人力搬运回乡，而自己不搬县宅各紧要物件。予去秋屡写信归而不提及嘱家人搬乡间。胡升未来省宅，诸物紧要轻便者亦不嘱彼带来或迁他处，凡此种种，致铸成大错，则自怨而已，于人何尤耶？晚十一时寝。

十二日　晴热　晚月色大明　六月廿八日　星期三

六时起，九时半饭毕，读《下论》已毕，接读《孟子》上册，十时以倦小睡，十二时起。午后一时半此间高空闻飞机声，似有数架，层云蔽之不得见，似往川者。二时又见飞机一架正过此上空，飞不甚高，双翼可望明晰，探此往张家口去，此何机也？三时仍未见祥焕归来，消息沉闷。三时十二分又闻上空有轰炸机数架声，似往川边，然不知炸何处也。四十四分闻敌机多架声东下矣。五时半又见单翼飞机六架经此上空东下，声大易闻。晚七时陈三民来云其父秀升已被张家口兵站派人来催去为买米事，已备舆请即往解和。七时半去张家口晤兵站包某，湘人也，谈半小时与秀升同归。十二时在其家吃饭，归后已转钟一时半矣。自是寝不成寐。

十三日　晴热甚　六月廿九日　星期四

七时起，饭后阅祥焕昨自小溪带回各报纸，战事较前稍转好。子谷来函极乐观，谓胜利在即，我军机械化队扩充已有二军人之多，飞机可应付御敌云云。子谷每次来函均有先见之明，余甚望其言之验也。杨子福、廖玉田、罗资深、孟迪甫均来信，杨为胡林本成之妻充奶妈事。迪甫言重庆生活奇昂，彼住处挑水每担四角云。晚间报已阅竣，十时寝。

十四日　晴热甚　六月三十日　星期五

七时起，青天日朗，万里无云，余谓今日敌机恐又袭川，此不过一时理想而已。饭后写复各处函，计杨子福、廖玉田、阳春、文端、洪英、贵堂一片，资深、迪甫、子谷各人，备有人往小溪塔付邮也。午后一时一刻忽闻高空敌机声甚厉，出门视之，前批九架掠上空整齐飞去，未几又来八架飞更高，掠高空均系自西向东南去，大约又炸四川也。总之敌机来一次，计算死伤民众多少，决不空过。重庆、成都、万县、梁山各省难民麕集，每次死者不仅川人，真劫数也，天佑敌寇，尚何天道之可言哉？晚十一时寝。

十五日　晴热　时有小雨　晚月色佳　七月一日　星期六

七时起，袁宗汉云天将明时天空有飞机声掠过。傍晚写复各处信未齐。连日心烦意乱，而巴东轮船又无确信，殊为焦灼，以天气渐热，山行七七里真不易也。十一时寝，梦已回鄂城见予住宅第三进有金底大匾一，横书四大字，曰"万世永禩"。又见先母手抱小方木条数十根，颇整齐一律，似欲作铺板安置予睡者。久旃来谈，又见张肖鹄。予宅前重似改观，二重置有不整之破椅而用新木片补钉，状极难看，来客坐此，予谓此难后景象也。天未明，记甚了了。

十六日　晴阴不定　热甚　时有小雨　七月二日　星期日

七时起，陈玉清送来信一件，系子谷寄函，云宜、汉间航空信、快信、汇兑俱恢复矣。战况无大变改，巴东轮船民生公司建设厅每星期均开一次，嘱予到宜市候轮，果尔则往巴甚易矣。午后四时往看陈益三，值其有事，与玉清谈。便询万内子各事，彼出言无状，殊可恶。小家所养女，毫不知人情世故礼节，予甚恨之，骂之半小时出。与秀升、益三略谈，便询惠安，约其往巴东，坐半时归。心气俱痛，遂卧床上，恨此无心肝，不知时局纷乱，吾辈逃难至此，何时可归，全不计及，乃出无伦次无理无状之语以怄气，此真不可化之人矣。十二时寝，极不安。

十七日　阴　闷热　七月三日　星期一

七时起，八时玉清送《经世文编》并报二份来，云益三明日回小溪塔。饭后予遂补写各信。洪英信嘱子谷代用航空发出，另一信用平快发航函中附胡林贵堂函嘱洪英专送。又写一片致胡林，馀则子谷、文端、阳春、资深、杨子福、邓实、迪甫、廖玉田诸人之复函也。晚交袁宗汉带往小溪塔，便致益三函，云未请彼来饭之意。十一时寝，心烦甚，思之家事，洒泪数次。

十八日　晨小雨　午后晴热甚　七月四日　星期二

七时起，连日晨气郁甚，呻吟半时乃稍吐，然因此而愈牵及思乡之念也。阅昨日借来《经世文编》，俱属户政一类者，十本毫无可观。午后读《孟子》下册已毕。二时胡升自长阳来此述各事。傍晚《下孟》读毕。十一时寝。

十九日　晴热甚　七月五日　星期三

七时起，气郁不伸，思乡念杂念毕集。每晨不能安寝一二小时。饭后读《下孟》毕。晚间以室中热，在前空地乘凉，十时月已东上，余谓有空袭之虑也。十一时廿五分上空远闻敌机声来矣，未经此上空过。十二时五分敌机九架分二次掠此上空东下矣。余寝后再起数次，大约又系川省被炸，每次敌机到地必有无数无辜者遭死伤，真劫数也。朱祐亭、宋济贤、液垓、阳春今日来信述事甚详。

二十日　晴热甚　七月六日　星期四

八时起，饭后阅《经世文编》十本俱毕。前清漕运之弊又得闻之，今幸无此扰民也。又盐政之弊至今仍未尽革。呜呼，吾国自清末民初以至现在尚有扰民苛政，何时可除，与泰西诸国相颉颃哉？晚乘凉，拟往巴东办酒。十一时寝，十二时四十分天空机声大作，起视之，似有廿馀架掠前山高空过去，月夜长飞，必系袭川无疑也。归室寝，默记半点钟后敌机必东下，久听未至，转钟四时廿分天欲曙时，闻敌机声大作，第一批六架，未几又六架，未几又三架，经前山高空掠过，噫！四川又不知添多少死伤之人矣！三时睡熟间梦喻育之似开会，无记录。未几方先生另坐一室中，余径入遇之，述各事，且流涕焉。余寻喻与言，方至，喻以卧床且夜已转钟，不愿起，又见沈碧舫来谈数事，亦不与方先生见面也。

廿一日　晴热甚　七月七日　星期五

八时半起，昨午计画原定今日首途，但七七抗战，今恰二年，大约宜市及小溪塔必有种种纪念游行诸事，到宜返觉车船不便，遂改为八日起行也。饭后清理各事，写祐亭复信二件，又写荐胡升与长阳县长信。清理各事，心烦意乱。天热甚，晚在外乘凉，十二时半寝。

民国二十八年（1939年）　五月

廿二日　早阴　午后三时晴　正午大雨三次　七月八日　星期六

晨二时内子呼余起，三时光兆等吃饭，四时半起行，五时到惠安寓，与胡升、惠安同行，到陈子头已六时半。天阴甚凉，过白木坪小憩，食包面，以腹馁不顾其食之劣也。未至石板岗，山雨忽来，自是时雨时止，到锦文坡小憩，又值大雨，自是路滑难行，到廖家林吃饭休息二小时。余倦，欲睡未能也，到黄土坡小憩一时半，四时起行。到小溪塔嘱光兆等买物件带回小峰。饭毕洗澡，暂求憩息，命胡升、惠安至宜市探船，分咐各事。晚间又时时小雨。至陈益三家略坐。十时店中奇热，臭虫多，不能寝，天欲曙时大雨数阵，略改凉矣。

廿三日　早阴　午后晴热　七月九日　星期日

六时起，十时候惠安等未至。益三来，坚请过其家吃午饭,已许之。十一时胡升归,闻十日晚可上楚元轮,云阳春有歇处。午后二时至益三家午餐,遇三民之舅父,嘱便带口信回乡。四时半雇车二乘,五时起行,七时到宜市,遇王子恕,云严厅长在施南尚未归。到营业税局后,值阳春外出,坐候半时许,顾季安等来局与谈片刻。傍晚过河西,至喻家冲新屋宿,甚凉爽。十一时寝,甚安。

廿四日　晴热　夜大小雨数次　七月十日　星期一

七时起,九时季安、威可等来,云昨日民主船开省银行,可代买票,但余性急先渡河矣,错此机会。罗东山自沔阳来详述各事,又云汉口友人剪报寄来,示以往汉路程有三;又闻前日敌机在宜市所散传单二种,触动难民心理,诱其东下;又闻近日自汉、沔一带来人所云,倘战祸延长,敌人另变一种怀柔政策,大可虑也。晚饭后与季安、阳春等乘小轮到宜市,七时半访文端,八时访子谷,则知其侄搭民元往巴东。余又错一机会。民元船宽敞,明日午后一时即可到巴,省钱犹小事,精神上少受痛苦矣。楚元为吾鄂建设厅之船,向系满载,惟利是图者,那顾及搭客耶？长建设者均败类，而航政局多为厅长之戚族、流氓者为之，石瑛长建设厅时亦不能例外，盖已视此为调剂机关，故不问搭客之安全与否，可慨也哉。十时洗澡毕，十一时买各物，十二时寝，蚊多，嚼人难受。小雨时作，天气转凉矣。

廿五日　阴　午后晴　五时大风迅雷约半时　七月十一日　星期二

三时半起，漱毕，四时雇车四乘到南门码头上楚元船，人货狼藉，臭气难闻。时值小雨，船前后破帆布，雨滴满船水流。遍寻昨日所存被单亦不见。茶房凶恶，时时与客詈骂，辄称此船为官办者，可畏哉。此真所谓以官压势者。未几子恕及袁国淦等来，乃得入管理员室中坐。其馀李石樵专员之太太，先有人入室占位，故得卧铺。至于小民众船头船尾，面承滴水而已。余即与袁、王商酌，请其到恩施先与严厅长一谈，彼现兼建厅，望力矫此弊不可。染从前各建设厅长恶习，受民众唾骂也。船中规定为八十客，查毕后，余等问卫管理员，则已售一百三十馀票矣。报公家售钱多少不得而知，至于载货则伸缩尤大，容易为人蒙蔽之。严厅长将来不知于此事可整理？五时一刻船开行，过牛肝马肺峡、兵书宝剑峡，余均出视，非如曩昔闻人言之奇离也。船中火食极坏，每人四角一餐，八客一桌，厨房苛索恶要，此官办之船，动以势力压客。四时过秭归，船冲浪几撞巨石上。此行搭建厅船危险殊多，悔不先打听民生公司开船时间也。五时一刻抵巴市，寓平安旅社，屋小热甚。饭后至上下街一游，街约长一里馀，生意因疏散令后多有闭门者。想从前必繁华，不似此象也。晚间回寓，与子恕、国淦诸人略谈。十一时寝。

廿六日　晴热　七月十二日　星期三

五时起，盥漱毕，乘滑杠与惠安起行，九时半到中原子本会矣，与彭受虚细询各事。饭后阅喻要员来函领款通知。喻函中有朱艾未来，原因与□所说相同，不知彭先作何语告知喻处也。午后七时闻分机声甚厉，七时十分敌机八架已掠此间上空过，排成一字形横飞，余遂知欲炸巴东市矣。未几低飞投弹去。廿分敌机声又厉，是九架自西来，经此屋顶飞过，一架傍飞，似有指示者，投烧夷弹二，旋见白烟冲天起，已焚市区房屋矣。自是烟渐浓，九时火光烛天，映耀山谷约十里。立门前望之可惧也。因忆及昨晚经市区尚完整，今日则遭焚毁，设余今晚到则殆矣。十一时寝。

廿七日　晴热　七月十三日　星期四

七时起，九时闻巴东迁来山者数家。此间交通兵自市区归，始知昨焚毁之屋约百馀栋，死六十馀人，伤四十馀人，然不能为确切之报告也。午前写阳春、文端、子谷、育之、邓实及小峰家信，益三等函，俱嘱交通兵代发。午后归，据云邮局虽未炸，但停止收函件，预备迁局也。晚十时又闻飞机声掠空过，但未见机。十时寝。

廿八日　晴热　七月十四日

七时起，饭后补写日记及各处函件。午后未作事，阅

《东方杂志》及《清稗类钞》等书。晚十时寝，此地晚甚凉，可着夹被。

廿九日　晴　时有小雨　七月十五　星期六

七时起，午后往曹蕙村、刘京三、蔡慎安处略坐谈。晚阅《清稗类钞》及杂书，补写日记，十时寝。

卅日　晴　晚大风　七月十六日　星期日

八时起，饭后往看蔡心受，谈甚久。晚六时在慎安寓吃饭，八时乃归。前日宜昌转来一片，王久旎自鄂城发来者，述其妻去腊在乡病死，吴老表特冬月在乡病故。当即加封转寄文端，因文端久候其回信，五个月不得消息也。近日晴朗，夜间可着棉衣服，盖夹被，其气候似较小峰甚凉也。

六月

初一日　雨　大雨终日　晚小雨终　雨　七月十七日　星期一

七时起，饭后阅宜昌来十一、十二日报，苏俄与伪满有冲突。午后大雨如注，山谷中雾起，有浠水人贺君来避雨，述苏倭冲突可望扩大，鄂中战事稳定。刘京三来借宿，与谈长阳事甚悉。十一时寝，鼠闹不堪，起数次逐之，终不去。

初二日　早阴　午后晴　七月十八日　星期二

七时起，饭后得阅十三、十四报，无多新闻。蒙苏与倭空战似扩大，其确与否不得知也。晚间无事，乘凉闲谈而已。今日有敌机经过上空。

初三日　晴　七月十九日　星期三

七时起，饭后写信六件，分致子谷、阳春、伯阳、万炎午、喻育之、方绪吉、显谟等，因彼等俱有函来也。午后二时敌机一架自上而下，四时又掠上空，大约系侦察也。晚与诸人闲话，并上下行半里许即回，天黑不能走远也。十时寝。

初四日　晴　晚小雨　夜大雨一次　七月二十日　星期四

八时起，饭后小睡半时。刘京三来，与谈一时许去。晚饭后至蔡心寿寓，闻其已往庐溪坝接其女公子回此间也，坐片刻，与其妻谈各事出。便访喻汉武、民安、李春华诸人，谈约一时方归。晚十一时寝，以跳蚤多，鼠嚼各屋响振振，自是不能寐，天将瞬仅合眼而已。

民国二十八年（1939年）　六月

初五日　晴　夜子时大雨　七月　廿二　星期五

八时起，云雾满山，不见人物，此间每晚雨后朝起即如此状态，或谓此瘴气也。饭后补写去秋出差日记表及办单据簿俱齐。晚饭后曹惠村、蔡谦先后来谈，十一时寝。

初六日　早小雨　旋晴　七月廿二日　星期六

七时起，山仍有雾，如昨日。连日发寄沧、仲恂、伯翔、训明、秀叕、惠轩、伯阳、久旃、艺林、先霖等信件，俾各知予已来巴东也。午后此间上空有敌机一架掠过。晚十时寝。

初七日　晴　七月廿三日　星期日

七时起，饭后写阳春、子谷及各处函，蔡心受明日往宜昌，便请带去。饭后往与谈一时久，交函嘱托各语。六时至蕙村寓吃饭，有腊肉甚好，傍晚归，十一时寝。

初八日　晴热　七月廿四日　星期一

七时起，十一时饭毕，至后山约喻汉武、潘勉之、叶凝碧同往龙池县政府晤詹静愚科长、雷经征、王子敬谈片刻，闻周小溪县长与秘书均在巴市。未几闻电话有情报，遂与喻、叶、詹等往雷主任家吃饭。晚六时酒饭毕，忽县府保长来报告，云有敌机廿七架过宜昌西飞，余等遂匆匆出行一里许，飞机已到上空，余等遂入树林中，见敌机似由前山上空飞行甚迟。八时回寓，十二时方寝，但终夜未见敌机由此路返也。

初九日　晴热　七月廿五日　星期二

七时起，饭后未作事，午后蔡心愉家请客，余未去。七时余洗澡，刚坐下，忽闻外边勤务云有敌机大批来上

民国二十八年（1939年） 六月

空，遂匆匆起，出门视之，则十八架已凌此上空，又有一批九架盘旋二匝。知欲投弹，遂入前面柏树林中坐石上，见敌机九架投弹声甚钜，灰尘上起。未几第二批又盘旋一匝再投弹，声亦钜。此九架低飞尤可惧也。七时半机声远，余再洗澡，未久又闻敌机来，出门时则前次一批九架，大约自巫山来者，匆匆掠上空过去。事后知此间居民及寄居各户住民纷纷避野外或树下，俱惊骇万状矣。复龙惠东信，嘱勤务明日发出。晚十二时方寝。

初十日　晴　早十时大雨一阵　七月廿六日　星期三

八时起，饭后略阅书籍，然实无聊也，十一时后欲外出未果。午后访蔡心受，闻已搭轮到宜。访曾女教员，恰值其与阮梦英赴巴搭轮，遂归。又闻党部勤务来云巴市已有警报，余疑信参半。四时遂与褚小涛、惠安等行，左侧柏林过去寻一矮树下坐之，至五时一刻回寓吃饭。今日接鄂城朱茂林来信，所述家中情形，与洪英、谢服初等函述相同，云余屋已由彼作主租与原住周姓居住，所云前租与王兴发，谢服初代述者，似有误。又李晓波来信嘱说情事。晚凉，坐至十一时寝。

十一日　晴　晚雨　七月廿七日　星期四

八时起，至蔡心受寓坐谈，闻廿五号被炸情形，彼正在巴市，述其躲避经过，真可怕也。午后写一函请其转交陈子谷，连前托带之函，内有复王久旃及朱茂林之函在内。晚凉甚，十一时大雨，至转钟方止。余以展转不寐，心不安。

十二日　早晴有浓雾　午后晴　傍晚大雨数次　有月色　七月廿八日　星期五

七时起，饭后阅《清稗类钞》。十二时廿五分，此间工役云有警报，余与李竹君往祠外左边山茅屋旁坐四十分钟方归。天热汗出。连日山上凉甚，亦思出汗也。四时喻汉武自县府归，云果有警报，前一次敌机一架自十里铺即转去矣，以后警报不知如何云云。今日接朱祐亭自汉发函，知朱稚诚去冬病死乡间，其长子致逊、次子致懋亦相继病亡，现仅存其幼子、幼女与其妻逃至武昌住难民区，亦云惨矣。次诚为人性情乖僻，穷困一生。抗战以来，其子尚能就事顾家，余料其必困穷逃回朱家山头，而不料其死也，可叹，可叹。函中叙及渠曾往看余住宅数次，前门贴有区署禁止出入白条，后门折毁，凌乱不堪，什物无一存者。此函系六月八日在汉口发，七月廿二日到宜市，阅后静思，殊多感慨。又王文旙一函述宜、沙消息不佳。又子谷一函则云我军不日反攻，拭目可俟胜利，惟法币现仅值七便士，以两元仅可合港币一元也。又恩施黄仲恂复函一件，尚未改当时态度。晚九时与诸人在外闲谈，十一时寝。

十三日　晴　七月廿九日　星期六

八时起，饭后阅《清稗类钞》一本，午后外出，连日无所事事。四时写易泮香、陈寿梅等函，备明日发出，十一时寝。

十四日 晴热 晚凉甚 七月卅日 星期日

七时半起,天气清明,万里无云。此间气候凉适,可称避暑福地,所虑者空袭也。饭后阅杂书,无兴趣。午后沈少泉自龙池县政府来谈各事,并述张胄炎恋栈,以致获此结果。三时李茂功自巴市归,云今日上午有警报,敌机一架自十里铺折回汉矣。晚凉甚,十时即寝。

十五日 晴 夜月明如昼 七月卅一日 星期一

七时起,饭后剃头一次。午后一时陪詹静愚往后山上喻汉武寓一谈,又往蔡心寿处一谈。午后六时李懋功来,述巴东街今日有警报二次,闻系往野三关、建始侦察云云。晚月光大明,余戏谓恐有敌机袭重庆。九时廿分闻机声大作,未几掠上空去,经后山,故不见敌机数目也。十时半又来一批敌机,经此间高空,见者云系九架,自是此间居民均不能睡,扰扰至夜深仍在山上坐谈也。余转钟一时方寝,仍起视天空数次。

十六日 晴 午后三时大风雨约半时 八月一日 星期二

八时半起,饭后写一函复喻育之。勤务自邮局来,携归阎任之、向胖佛、梅先林三函,向有去志,阎大约已补省府秘书处缺,梅则述其近状也。阎告余以严立公不日到巴转宜昌,仍居三游洞云云。十一时闻巴市有警报,云敌机一架自沙市西飞。午后一时访蔡心受,谈一时许归。彭受虚补发薪水,七月份仍未取到一成,补费更无消息也。坐此不理诸事而欲财厅送款至,恐无此便宜事也。晚十一时寝。

十七日 晴热 八月二日 星期三

八时起,饭后闻巴市来人,云有敌机一架掠野三关去。午后一时李干事自龙池归,云县府接情报,我国飞机十八架自梁山机场出发至汉口袭敌人。午后五时有自县府来者，云我机安全返防矣。六时饭毕，与褚小涛步行至山下约一里馀之茅屋旁小憩，未几见施南汽车经此。八时回山，下坡路不易行，汗出如雨，洗澡乘凉。后山有人来坐谈。十一时半闻敌机声自远来。十二时半又闻敌机声掠前山而去，均未见敌机，其数亦不多。一时余遂寝，展转不成寐也。转钟三时惠安呼余起，出门外望则敌机已经此高空，轧轧声甚厉，大约三架，飞甚速，余等未见机身也。风冷袭人，遂仍睡，约三时半矣。

十八日　晴热　八月三日　星期四

八时半起，饭后得子谷、阳春、伯周来信。子谷述及英日有妥协趋势，于吾国不利，将来法币可虞。傍晚李茂功自巴市归，述各事。晚间月色大明，九时余与诸人在外乘凉，十一时寝。十一时半闻对河击铁声，汽车上山声。惠安等起出视，云有警报。转钟二时敌机声大作，余再起视，似有数架飞行甚高，未见机身，掠后山过去。三时再寝，不闻机归行此间上空也。

十九日　晴热甚　八月四日　星期五

八时起，饭后得萧液垓、万隆焜、刘时叙等函。萧述严、黄仍驻三游洞，不日回宜昌，子恕已往渝，渠亦欲请假回黄州云云。午后苏小朋自巴市归，云搭轮未赶上。今日又有二次警报，此间则未闻也。晚间仍热，十时寝。

二十日　晴热甚　八月五日　星期六

八时起，九时党部有人自巴市来，云昨夕有四次警报，敌机五批四十五架经野三关掠恩施到重庆轰炸矣。饭后得朱祐亭、徐惠轩及家信三件，又报三份，美与倭断绝通商约，时局可望转好，其他无甚消息。午后又有人自巴市来，云昨通宵警报，天明乃已。晚间热甚，坐门外乘凉。今日为此间最热之一日，十时寝。

廿一日　晴热甚　午后二时大风雨　约一时半　八月六日　星期日

七时闻有教厅二人昨自恩施来者，云恩施前夕五次警报，恰与昨言敌机自恩施过者相符。七时半余方起，饭后写复炎午、子谷、伯阳并寄家信一件。十一时半忽闻后山炮声二响，知有警报，遂与惠安至后山水沟上暂避之。下午一时半紧急警报作，二时解除。今日行路多，汗出如浆，回后洗澡毕，小睡一时许。四时巴东有人来云今日宜昌被炸二次甚惨。晚九时寝。

廿二日　晴　晚大雨数次　转钟后月色佳　八月七日　星期一

七时起，八时半省党部传达李荣卿自宜昌归，云昨晨七时宜昌杨叉路英轮二只及英美教堂遭大轰炸，大公路一带被毁。午后二时李懋功自巴市归，云得电局信，宜市昨遭大轰炸，敌机专炸英美财产，云云。午后六时往后山一次。宜市带回桥精酒，时时饮之，颇可口。晚十时寝。

廿三日　晴　今日立秋　晚大风　八月八日　星期二

七时起，饭后无所事。宜昌来报纸，无新闻可注意者。今夕立秋凉甚，余自来此山中，不知暑期也。欲作立秋诗，造句无旺气，中止。晚十时寝。

廿四日　晴　八月九日　星期三

八时起，饭后阅《清稗类钞》已竣。正午接小峰家信一件，此信六天即到此；邓实函一件，云其子女已痊；孟广纬自成都来信，已就四川大学庶务课事，校在峨嵋山，彼到成都帮忙料理招考事也。晚间大风，凉甚，十时寝。

廿五日　晴　八月十日　星期四

五时醒，天已明，起视门外凉风袭人，遂再睡。七时起，饭后阅报无多新闻。战事亦未进展。傍晚与小涛往汽车路上一看巴市情形，已行二里馀矣。八时归，洗澡后头晕甚，十时寝。

廿六日　晴热　八月十一日　星期五

八时起，午后阅报，无可记载之事。晚与小涛外出一次。十二时寝。

廿七日　晴热　八月十二日　星期六

七时起，午后往后山一次，坐丛柏下，此即此间所谓公园者也。晚归无事所作，阅《民族战史》毕，十一时寝。

廿八日　晴热　午后三时大雨如注　八月十三日　星期日

八时半起，闻有警报，洗澡后至后山合作社小憩，饮茶并吃点心数事，十二时犹未闻紧急警报，遂归。午餐毕，小睡一时许。三时大雨约半时，五时半又小雨，天气甚凉。巴东县政府詹静愚科长、张宣原衔科长。来此为安电话事，余便询各事。李懋功云严代主席明日可来巴东，搭楚元轮回宜市，余遂准备回宜。晚十二时寝。

廿九日　晴热甚　八月十四日　星期一

七时起，饭后再睡。午后二时懋功来函，至李芳处，云严主席可即到巴市，四时半见远来汽车四辆，同行往巴东市去。余遂匆匆搜检物件。饭后与厚训雇挑子步行下山抵市区，已天黑矣。遇杨世英，知严住地，遂往谒之，并晤及黄仲恂秘书长，细谈各事约一时许，回峡江旅店吃饭，与叶凝碧谈话久。因天热臭虫多，不能寝也，达旦并未合眼。

七月

初一日　晴热甚　八月十五日　星期二

五时起，叶凝碧已先出门，云楚元轮已开来。余遂与惠安及挑子送物件上轮船，遇阎任之，得坐位。六时黄仲恂上船，六时半严主席上轮，即开行。水急，船行甚速，未几过秭归县。自是以后，次第见定舱峡、兵书峡、牛肝峡。上午十时船抵三游洞，停泊约半时许乃得上岸。老王来船上，嘱其招呼物件。惠安与余同至三游洞，得晤张贡之、液垓、方白诸人。饭后以倦不能下山，遂宿寝室中，寝极适。今晚惠安先回小溪塔去。

民国二十八年（1939年）　七月

初二日　晴热　八月十六日　星期三

七时起，与诸人闲话，打各处电话，无人接答。十一时知有警报，敌机一架侦察当阳境。午后下山至旧寓许家一看。询党部转送公文，帅秘书不知之。细查收文簿，不见此文，何也？包贡九来，谈甚久去。今日与黄仲恂作久谈，余仍回三游洞办笔墨事，则可视察，不添人，秘书又非余所愿也。不解决，定约以回家，十日再来定，戏务而已。原拟今晚到冯艺林家宿，因晤水警徐总队长文煌云艺林病新痊，未便往也，仍宿三游洞。

初三日　晴热　晚十二时大风暴　小雨　八月十七日　星期四

六时起。六时半与王安雪动身往南荆关，经前坪、后坪至冯宅。行路甚热，八时半到艺林家，谈各事。早饭后嘱安雪送片询余仲藩，不得要领。十时余乃亲往问各事。

十一时归。午饭后小睡一时许。傍晚光兆等来接余，就宿冯宅。余宿楼上，甚热，不能寝。转钟时大风忽起，约一时乃止。天气转凉，乃得成寐。

初四日　早阴　旋晴　午后五时大雨　八月十八日　星期五

五时起。五时半起行，六时舆到小溪塔。晤陈益三谈片刻，进早点，遂行，过溪河一店早餐。上午天气大热，自是经蔡家河、黄土坡、廖家林皆小憩，饮茶、歇阴片刻。廖家林前山、后山路边有乾隆、嘉庆、道光、咸丰、同治、光绪各朝县令出示石碑。或者此地当时冲要，兵差多，胥役敲诈，故历代民众奉请县署也。过锦文坡、石门岗、白木坪，食面，休息。一时许过大极寺约二里，山雨忽至，倾盆大下。余与舆夫、挑子躲大石下，水沁衣上。幸有伞，略支遮蔽，否则不堪设想矣。晚六时又小雨。六时半到家。

初五日　晴热　八月十九日　星期六

八时起，倦甚。饭后未作事。午后三民引一黄姓来，述各事去。今日命祥焕取回洪英、龚少山、万瑞章、袁子青、朱钟德函，知鄂城近事甚悉。晚十一时寝。

初六日　晴热　八月二十日　星期日

七时起。饭后看杂书，前自巴东携归者，已阅毕。拟写各处函。晚十时寝。

初七日　晴热甚　小雨一次　八月廿一日　星期一

七时起。饭后小睡。午后一时往陈秀升家一谈，约一时归。写彭受虚函。晚阅各处来函，备明日复出。十一时寝。

初八日　晴热甚　八月廿二日　星期二

七时起。饭后写复鄂城万、龚、洪、朱诸人来函。忆去年战事吃紧，至今得阅于人及函告者，外籍病殁者有彭梓师、潘慎之、朱次诚父子、汪得深，本籍则张林华夫妇、傅象虚母子、吴特斋表兄、刘汉槎、朱钟莲、刘象珍、王子恒诸人，均先后谢世，闻之惨然也。午后写复袁子青、潘家祐等函。今日热甚，雷鸣未雨，闷郁不堪。晚九时寝。

初九日　晴热极　晚间仍甚　八月廿三日　星期三

六时起，自升火烧水盥漱毕。写复各处函，计明晨可派人送小溪塔发出，共十四封。受虚、李芳等共一件，馀为孟广漳、朱钟德、万瑞章、龚少山、洪英、喻育之、梅先霖、孟迪甫、邓实、徐惠轩、向胖佛、潘家祐、刘述陶、袁子青、熊学培、廖玉田十六人。另写一函与龙汇东,告知余已回乡。晚十时寝。今夕为孟夫人忌日,未能致祭。

初十日　晨三时小雨数次　晴热　晚小雨　八月廿四日　星期四

七时起,倦甚。饭后得方绪吉、熊学培、吕受图来信。熊函半月即到,不知从何路来也。补写宋济贤、黄仲恂各一函,备明晨派人送小溪塔。十时寝。

十一日　晨阴　午后一时大雨　晚时有小雨　八月廿五日　星期五

五时起,光中来取信件及购物单去。饭后写大字二张、行书一张当影本,写大小字纸共六十馀张交迟生,嘱其逐日照功课单做去。正午陈廷泮昆弟来此,留饭后便写一函交其带去。傍晚祥焕归,携陈光轩家借回各小说,略事流览而已。十时寝。转钟后梦先父母似在一室饮食。又见亡儿根生，病已七八日，住某学校，余嘱夏炳丞视之。又炳丞弄饭菜未合，先母略言之，炳丞愤气出，余遂命一黄陂厨子代之。鸡鸣时醒，枕上默记，或者中元节近，先父母示梦欤？

十二日　早阴　晴热　午后四时大雨如注　晚十二时小雨　八月廿六日　星期六

七时起。九时光中自小溪购物归，各信件已发出。午后阅杂书。四时半具酒、希饭，祭祀鄂城诸祖宗。去年七月初在籍祀祖，今来此一年矣。包袱、钱纸于门外烧之，具形式礼节而已。今日兼祀亡儿根生，尤为痛心之事。战事何时解决，俾吾辈早日东归，则所愿也。吾国失败原因：第一为外交，第二为政治，第三则军事。从前不从事于急急练空军，致有近数月迭为敌机轰炸都市之事。无辜被难之民，死者不可统计，宁非劫数耶？晚七时半即寝。

民国二十八年（1939年） 七月

十三日　晴热　晚月色佳　八月廿七日　星期日

六时起。饭后写大字二张，看杂书二时许。晚间外坐乘凉，月色甚佳。九时即寝。

十四日　晴热　午后二时半大雷震山谷四次　雨若倾盆二时四十分止　八月廿八日　星期一

五时起，天已明矣，早光已见。六时再睡，八时起。饭后阅书、写字。今日天晴爽，甚热。午后二时廿分黑云自东骤升，二时半大风挟暴雨至，天黑沉矣。雷声暴作如轰炸，声震山谷者四次。火光迸裂，入余宅前竹园中。或者雷殛恶物欤？噫！天道恶盈，何不于倭机飞高空炸吾国城市时而一殛之也。三时四十五分雨止，溪声怒吼，此雨添水三尺矣。晚七时卅五分闻飞机声多架，经前山高空掠过。但袁世高云机声似自西而东者，或者吾国之飞机往汉欤？九时寝。转钟二时醒，枕畔似闻飞机声，但未确，又睡去。梦余已回鄂城矣,屋改旧观,亦系旧宅。房中二窗作斜立式,器具柜橱极多,余漱盥亦无置盆处。又梦先母与平时无异,又见皮妪仍在室中服役。醒后益多杂梦,不能一一记之。

十五日　晴热　夜月明如昼　八月廿九日　星期二

八时起。饭后阅《聊斋志异》十则。午后写字一张,阅杂书。晚饭后至溪河边小立观水,约半时回宅。拾得秋海棠花甚多,昔时只照帖本画秋海棠,实未见此花之真本如何也。晚九时寝。梦先父母仍如昔时状,似余已回鄂城也。

十六日　晴　月明如昼　八月卅日　星期三

五时半起。饭后写黄松庵师函,复吕受图函,并方洪岩、罗国桢、刘心裁、叶凝碧等明信片,拟明后天派人送小溪塔发出,便取各信、报纸回乡一阅。午后小睡一时。

今日食三餐，颇以为过饱矣。余自去年到乡，均食二顿。避难出亡，二顿已足矣。月色入晚甚佳。天气已寒，未能出门久视也。十时寝。转钟零时卅二分天空敌机声大作，惊余醒矣。二时仍睡熟，天欲曙时闻敌机返汉声，又经此过去。

十七日　晴　月明如昼　八月卅一日　星期四

六时起。饭后阅杂书，已竣矣。午后写复各信已毕。晚间因伤风鼻塞早寝，梦甚杂。

十八日　晴热　月色佳　九月一日　星期五

六时起。午后一时陈季明派人送来信十封，云系在小溪塔取得者，计鄂城胡林贵堂等航空信，廖鼎三信，汉口朱祐廷、巴东彭受虚、建始梅先霖、成都姜显谟、重庆范寄沧、成都孟广漳、宜昌朱阳春、汉口杜卫初，当择要先复贵堂、鼎三、受虚、阳春等函，写就付袁三明日送小溪塔发出。又巴东转来龙汇东一函，内附一诗并邓区长函，缓当复之。十一时寝后忽闻天际远远有敌机声，余遂起视，约五分钟机声大作，似十架以上轰炸机声也，未几掠前山上高空过去。十一时十分遂再寝。

十九日　晴热　月色佳　九月二日　星期六

转钟二时许闻敌机先后二批自西下矣，旋睡熟。五时半起，天已大明，闻袁三已行矣。午后补前日所作《山居》各诗稿完竣。四时半带同定儿、祥焕往对河岸上观瀑布。近已数月未到此，心目为之快然。六时归。七时半饮酒三杯。连日每饭前必饮酒一二杯，无多事，聊以自适而已。巴东月馀，每饭必饮，已成习惯。余先祖父冠群公酒量大，日必三次，每次四两。先叔森亭公继其志，酒量尤大，饮时以巨杯，吸之甚快，余幼时见之，今尚忆及。先君不能饮，偶有小酌，半杯气喘不能言，以是未常饮也。今夕忆及，因补记之。晚十时寝。

二十日　晴热甚　晚昙　月色不明　九月三日　星期日

六时起。饭后阅报，德、俄已订不侵犯条约，倭人极不安。此则各国所不及料者。俄惧倭，不能不联德；德惧英、法，不能不与俄妥协，而实行其并吞，但降波兰等国，与俄联则无东顾忧矣。以后欧洲局势将有大变化，但变化于中国有无利害，此时尚不能判断耳。午后天忽转热，今年立秋已廿馀日矣，天热乃若此，殆亦如局势变化而不可测耶？六时袁三自小溪塔携来子谷、圣逸、老王及湖南益阳述陶并叶文鹏等信，又报数份，皆述德、俄订约及英、法备战，德已炸波兰都市等等。似此情况，欧战或不能免，惟美国尚主调停云云。晚十时半寝。转钟一时闻天空飞机声大作，控前山过，似有多架。未几又来一批，循原路飞。一时半又来一批，约计似有卅馀架者。以声甚厉，如此推测之，重庆不知添多少无辜冤死者矣。以后如何，余因睡熟，未闻也。

廿一日 晴 早热甚如伏 月色佳 九月四日 星期一

六时起。饭后未作事。正午阅上月廿九、卅日报纸，德、苏订约事。又敌机前夕在宜市璞宝街曾投炸弹，又江边亦投二枚，沉白木船二。又载楚元轮船上月廿四号触礁沉没，幸未淹毙搭客，惟行李、货物落水者不少。此船余所早料者也。建厅航政处可杀。月前搭轮后，曾函向胖佛，请其力加整顿，想彼未注意也。午后四时剃头一次。晚间犹热。十一时寝。转钟后梦似回乡，至张叔和宅中。叔和疾已痊，惟说话迟钝。余问其妻，则云已故。又问刘心裁有信来否，叔和俱答之。又见其同居祀祖，来客廿馀人。余谓此族大人多，盖郑姓也。余欲易履，着未就，遂醒。细思叔和夫妇去秋俱病殁矣，三月间谢服初来函告余者。其家亦于去年沦陷后毁矣。

廿二日　晴热如伏　夜转钟二时月色佳　九月五日　星期二

六时起。九时为迟生改诗二首及白话文二篇。午后四时陈三民引其姑父王君来，谈一时许去。王为雾渡河人，余便询该地诸事。今日又饮酒二次。记五月廿二日余出门往巴东，倏忽二月矣。岁月如流，抗战至今无进展，敌机尚时时来炸后方，殊为痛恨。又痛吾国战斗力如此之弱也。晚拟写复各处函，以热未果。本月廿五日为白露节，已届八月矣，而犹如此热，宁非异事耶？古人云"秋后热不久"，今距立秋已廿六日，则天变气候俱变矣。十时寝，多杂梦。

廿三日　晴热甚　晚十时小雨　转钟后有月色　九月六日　星期三

六时起。饭后热甚，未作事。十一时小睡，十二时半起，竟有午梦，谓余已有层楼矣，欲觅下时乃醒。晚间仍热，十时小雨。补和向胖佛《乐劬园葆三诗》，系阳历四月中旬作，盖已准备赴恩施者。向每欲余和其诗，迩时以心绪恶劣不愿执笔也，今夕乃和之。即以《重到三游洞有怀》为题，一小时诗成十六韵，何其易也。十一时寝，多梦。

廿四日　晴热　九月七日　星期四

六时起。饭后补作龙惠东有怀余在巴东时诗，以二绝答之。今晨因接其来函，约余至其家也。裁缝来为小伢做衣服。午后小溪塔有便带来子谷函，云敌在闽会议，调军舰由沪入长江，恐鄂中有战事。又附次松函，告知万年历已购得寄发矣。又鄂城万子写一片，八月十二日发，卅日到宜。此片十八天即到，与华容所发函十八天即到同。或者下游函件现已加快班耶？又报一份，述欧洲战事又在调停中。晚十一时寝。梦函约太辅、天喜来帮工。

廿五日　晴热　午后阵雨　旋晴　今日白露　九月八日　星期五

七时起。九时写黄达云、张仲心、程稚松函，馀复范寄沧等，明日当书之。晚十时半寝。

廿六日　晴热　九月九日　星期六

七时五十分起。饭后用复写纸写到宜昌后所作诗稿，拟分寄向胖佛、龙惠东、阎任之三人，并另写函与惠东。晚十一时寝。

廿七日　晴热甚如伏　九月十日　星期日

六时半起，晴空无云，连日均如此，秋高气爽也。想各城市镇见晴空如此，民众已避敌机往乡间矣。敌人横暴，空袭可畏又如此，真苦吾民耳。饮酒一杯后进早餐。近二旬均如此，每餐必饮，借以改愁。午后写信二件。早写函命祥焕送龙惠东家，因彼约往，以天热竟未去。祥焕带回九月三号报一份，德、波二国已实行战争，英已由皇帝批准下动员令，则欧战已成不可遏之势。法币在港已提高价格，二元七角可换港币一元，则从前以一元二角能换港币一元者何时可重见耶？晚十时廿分寝后梦见先君在家谈往事，如辛卯年出门往江南，及廿一岁时在县授徒时情形。余问生徒中后有深造者否。先君默记无之，自是细语各事。忽有一金色蛇从地中出，长二尺馀。又一小金随出，余与先君共逐之，遂匿焉。醒视表，则上午三点，鸡初鸣矣。

廿八日　晴热甚如伏　九月十一日　星期一

六时起，晴空无云，秋阳甚烈，连日皆热不可耐。山中如此，城市可知矣。倘有寒暑表测之，总在九十度以上。立秋节已逾一月，犹如此酷热，宁非怪事？天变于上矣。十一时饭毕，往秀升家一看，并问迟生疾，知已愈。

十一时半往惠安寓中坐谈。正午闻敌机声，掠上空过，视而不见，大约总在七八架之谱。午后一时半归，三时以后更热，晚在门外乘凉。今日天热，未作事。十时半寝，多梦，杂而无条理。

廿九日　晴热甚　晚小雨　旋止　九月十二日　星期二

六时起。饭后写阎任之、施方白函。午后十二时半敌机声大作，过此间前山，大约有廿架以上。飞甚高，未能见，系炸四川无疑。晚热不可耐，节过白露，犹如此热，宁非奇事耶？十一时寝。夜热时起，睡不安也。枕上约记去年此日，余自宜市乘舆至冯艺林家，转杨家场陈文伯家，患热几殆。且是日敌机十八架，大轰炸宜昌市区、桃花岭等地。今倏忽一年矣，而吾之抗战仍未见胜利，奈何奈何！

八月

初一日 晴热甚如伏 晚十一时半大雨 九月十三日 星期三

六时起,天赤,日光如火。秋阳之烈,近数日始见之。然去岁节气迟,且多一闰月,秋热尚不奇也。今天真天变矣。饭后小睡一时许。晚天气极闷,似有雨意,十时尤闷甚。十一时半乃大雨,约三小时。余时睡时起,转钟二时天气改凉矣。

初二日 阴 小雨时作 九月十四日 星期四

六时起。饭后写复未毕函件。十一时下山,往溪边看水,急湍响彻山谷。天气已凉,以后或不致再热。归后补写各处函。晚十时寝。十一时鼻塞不可耐,喷嚏时作,又似伤风,此秋来余之素状也。起床数次。

初三日 阴 九月十五日 星期五

六时半起。饭后似昨已受寒矣,腹泄三次。午后四时写子谷、阳春、孙寿山、杜卫初、安卿、张重心、范寄沧、罗国贞、梅先林、向胖佛、阎任之、施方白等函片,均付袁三明日到小溪塔发邮,并付洋五元,又四元买杂物。中秋已近,需应用也。嘱祥焕明晨与袁三同去,持余函到宜,搭轮往沙市转草市就事,付洋五元四角作川资。此人无良,毫无可取,好吃懒做,嗜好俱全,寄居于此已逾八阅月,月给其零用,而毫不贴心做事,外欠之账余为一一还之,殊可恨也。面嘱各事,勉其变为好人,彼听不听,亦只尽余心而已。晚十时寝,转钟后多梦。

初四日　阴雨终日　九月十六日　星期六

五时半祥焕起升火,余遂起。因袁三必欲行,祥焕亦愿今日到宜昌,天雨无空袭,出门较少着急,亦是好事。七时一刻彼等遂行。八时余早饭。九时以后改装诗话及笔记稿本,并整理文字。午后小睡一时许。四时张性第送来《武汉报》一张,云遂龙汇东交彼带者,系十二号报,载十一时午刻巴东又被敌机轰炸,来凤初次被炸。前在巴闻刘京三云来凤最近为飞机停止地,已修大机场。此今年五月间积急办成者。倘敌人知之,必遭狂炸云云。吾国汉奸多,安知将来不实见耶?今果然矣。又载德、波战事激烈,法正与德备战云。晚十时寝后多杂梦。

初五日　阴　九月十七日　星期日

七时起。八时五十分饭毕。九时半小睡刚着,陈三民持纸来请写屏联,谈一时许去。午后袁三回,携有伯阳、受虚、洪英、玉田、茂林、子谷、阳春、太辅、林均中、惠轩、祐亭、立群、周伯翔、潘受盦等信件并报纸。余一一阅之，至晚十二时方止，倦极遂寝。

初六日　阴　时时小雨　九月十八日　星期一

六时半起，连夕因伤风咳嗽睡不安枕，遂早起，盖睡则愈嗽也。午后命人寻惠安来，嘱其明日至宜市取款，并面嘱各事去。小睡一时许，起来写复各处函，择其急者书至晚十二时尤未竣，遂将次要者留待下次再写。计今夕所写者为受虚、洪英、茂林、久旂、子云、子谷、阳春、太辅、梅凤山等，并汇洋十元接济廖玉田。转钟一时半方寝。二时半醒，咳不停声。四时再起，自烧开水饮之。鼻涕大流、腹胸俱为咳嗽扯痛，极以为苦。

初七日　晴　九月十九　星期二

七时起，咳嗽频作，饮开水不能止，饭亦食不进。午后久饿,乃得食之。四时半陈三民来,谈至黄昏时去。今晨袁三与惠安同往宜昌,天气晴明,未闻敌机声,已属万幸矣。九时遂寝。

初八日　晴　九月二十日　星期三

七时饭后咳嗽未止,饮食略减。午后看杂书。晚七时候惠安等仍未归,余疑其款未取到也。九时欲寝,袁三拍门,已归矣。带回鄂城洪英二片、子云一片,彭水袁希德一信、邓实二函,报三份,阅至十一时寝。咳嗽时作,频起烧茶。

初九日　雨　九月廿一日　星期四

八时起。昨寝不安,似有病状。今日咳嗽未止,未作事。晚九时寝,十二时半醒,又起坐数次。到厨房烧水,窗外冷风袭人,已感寒矣。自是睡不安枕,鼻涕多,极难过。

民国二十八年(1939年)　八月

初十日　阴晴不定　九月廿二日　星期五

七时起,身觉发冷,病象已现。自煎防风、白芷、薄荷等药饮之,足软、骨痛,卧床不愿行动。上午食饭半碗,午后吃稀饭一碗。口中乏味,晚服药加生姜二片饮之。八时寝,睡后觉微汗,骨痛略减。

十一日　晴　晚有月色　九月廿三日　星期六

七时起。昨夜微汗,昏沉觉疲倦,时时熟睡也。早仍食稀饭半碗,午后仍吃稀饭,昨、今两日并不觉饿。四时陈三民来,谈甚久去。傍晚食饭半碗,口胃仍未开。九时半寝,起数次,睡熟多梦。

十二日　晴热　晚有月　十时半忽大风雨一时许　今日秋分节　九月廿四日　星期日

七时起，疾已愈。饭后清理室中，净地、整理床帐诸事。午后一时约陈玉清、三民来吃饭，秀升因病未至。馀则惠安、迟生、道儿及袁世高兄弟，以菜九味款之，四时散去。晚十时寝，暴风雨骤至，一时许乃止。

十三日　晴　晚月色不明　昙　九月廿五日　星期一

六时半起，连夕仍鼻塞涕流，夜为数起，睡极不安。今日李尧垓往小溪塔，便托将潘受盫、邓实、张立群等复函付之，带小溪塔发出。今日未作事，晚十时寝，寝后起一次，仍类伤风状。转钟一时再睡，梦见先母搭大轮，似迁居避难者。船中有三四妪，类母状。搭客多妇妪。又见方耀廷眷属亦搭此轮，余与共话。沈碧舫亦在轮中。人多，无官房舱，均卧板上。船大，类海舶，余亦后上船者。四时醒，犹忆其情况也。

十四日　阴　风雨时作　九月廿六日　星期二

七时起。饭后阅《唐诗合解》《姓氏族谱》，陈继轩处所借来者。近来无书可看，雨中尤闷闷不堪。晚候小溪塔信件未回。十一时寝。

十五日　晴　晚有月　今日中秋　九月廿七日　星期三

七时起，天气晴矣。饭后阅杂书。午后四时半小溪塔带来民厅施方白、阎任之、胡森、吕受图、洪英、叶凝碧、蔡心受、陈子谷等函，并报五分。报载及任之所告：日、苏又有协定，苏且侵占波兰矣。外交纯恃国力而已，所谓"弱国无外交"，信然。战事何时结束耶。时局愈演愈不可推测。总之抗战二年馀，前所恃者，苏俄可以远制日本，今黑幕揭穿矣。英、法与德国方入战争初步，以后安有实力接济吾国？美则惟利是视者，则远在西半球，更不愿牵入战涡，更无力以助吾国也。晚见月色，似不大明。十时以后清光大来，偶作《中秋》二律，以逆境忆及往事，且值此国破家亡之际，欲归不得，焉有好诗？且亡儿根生此月十九已一周年矣。每一念及，尤为心痛耳。十一时寝。

十六日　晴　晚有月色　昙　九月廿八日　星期四

七时起。九时饭毕。阅昨日带回之报，我军似有小胜利。敌机连日轰炸湘阴、沅陵、西安等处甚烈。省参议会已开幕，国民参政在渝亦开第四次会矣。诸无甚新闻。午后补作竹石诗、题山水诗，方白、任之所乞画，并乞诗也。九时阅唐诗半本，倦而欲寝。因念月光中近数日敌机未过此上空，今夕必来矣。十时寝，约一刻钟，余展转不寐。十一时廿分天际机声大作，细听似有十馀架，飞行极速，掠前山去。四时半又闻机声东下，大约又系炸重庆也。

十七日　晴　夜月色佳　九月廿九日　星期五

七时起。连日拟往龙惠东寓一叙，久不得轿夫，甚怅。午后在三民家借得《词源》来，备翻阅而已。读唐诗约半时。晚十时半寝。

十八日　晴　九月卅日　星期六

五时四十分起，自升火烧水饮之。七时半检连日所写函件，如复寿山、洪英、袁希德、郑宇平等，备有便往宜昌发出。下午四时陈三民引其戚汪姑来谈。胡升自宜市来，细问各事。述及周光烈于上月病死河西，周身体强健而有精神，此则所不及料者。人生危如朝露，值此国难，渠携其妻子，展转由公安、宜都，以至宜昌。前时时以求作县长，费尽九牛之力，卒不可得。名利萦其胸中，真所谓到死不悟也。八时五十五分天际敌机声大作，余开门出视，未几经此宅顶之高空飞过，似有廿馀架，声震震然。

层云蔽之,未能见机多少耳。十一时敌机第一批转来,十一时半又转来一批,十一时五十六分又转来一架,均经前山掠过,不似十六夜之整队东下,或者为渝防空队击射零落欤?呜乎!此种血债何时算得清也。

十九日 晴 十月一日 星期日

七时起。九时半饭毕。午后小睡一次。胡升同其娶妇来,便留吃饭。三时袁三来,着其送楮至对门,嘱迟生晚间在门外焚之。今夕为亡儿根生一周年也。墓有宿草,思之心痛。晚间极不怊,思及去岁此夕在宜市旅馆情形,惨然泪下,亡儿有知或亦心有不安也?客中无祭物,尤为凄恻耳。十时寝。

二十日 晴燥 月光甚明 十月二日 星期一

七时起。八时半饭毕,九时半至惠安寓,约胡升同往龙惠东家,步行至张家口。因三民同行,乃雇二人绑一小椅作兜子乘之,左右倾斜,又不靠坐,极以为苦。到易家已下午二时半矣。天燥,衣汗透,先在易家祠休息一次。晤惠东夫妇,谈各事。饭后与覃文圃、易志卿、惠东同往覃吉圃家请乩仙判各事。先土地来,继吕祖来,继关圣来。所判之填词与关帝所判长骈文均切时事,多雅驯之语,且骈文甚长,约六七百字。真有神临坛?盖词与文均非扶乩二人所能造出者也。末请临坛土地许阳,细询其履历,为清末之人,籍当阳清溪河人,寿百十三岁而终者,现有子孙云云。十二时半方与惠东、文圃回宅宿,鸡鸣矣。

廿一日　晴燥　晚月光大明　十月三日　星期二

七时起。早点后欲与惠东至大峰寺一游,以天气热燥中止。正午遂与文圃等为竹战之戏,午后三时毕。四时半晚餐,与惠东、文圃又往吉圃家,请乩问时局。均未答,仅□土地一诗,费解。十一时回龙宅宿。今日午后一时闻飞机声掠高空过,后见各报,系我机飞炸汉口敌人。

廿二日　晴燥　月色佳　十月四日　星期三

八时起，昨睡甚安恬。十一时行，易行愿请早饭。闻天空有敌机一架掠过，甚速，盖侦察机也。一收酒税者李高明，带同区丁三人，重征索诈去行愿家，经余批评数语，彼竟走矣。午后二时小睡，四时起。余欲行，惠东已雇二人，旋余寓已来兜子接余。五时起行，黄昏时到家。饭毕小憩即寝。转钟零时四十八分，敌机一批经前山过去。一时十分又来一批，声甚大，掠前山过。一时四十分又闻机声甚厉，似当此间掠过者。意揣三批必系九架，计廿馀架矣。噫！又炸汉地耶？

廿三日　晴　晚无月　十月五日　星期四

七时起，惠东差人送函来，云昨日李某事，遂写一函致邓区长，付原人携还。饭后阅清代国史馆原本《汉名臣传》，昨自易宅借归者，《满名臣传》则未携。此传以魏象枢起，吴士功终，共二百六十三人，附卷尚不在乾隆以上年代者。甚哉！名臣之多也。而魏象枢、林起龙、胡全才、成克巩前列诸人，或为崇祯时举人、进士，觍颜降虏，尚存《名臣》，则《贰臣传》中如钱谦益、吴梅村辈殊为不值。真有幸、有不幸也。他日必于明代得科名仕进降清诸人，则列一表，附注各事。噫！此辈汉奸，不过较洪承畴、吴三桂罪恶减等耳。晚三民来谈，余写信二封付其舅带小溪塔发出。胡升夫妇明日亦回宜市，以陈、朱二函与之。十一时寝。梦刘菊坡已搬一宅，又似住某学校者，余与语各事。

廿四日　晴燥　有月　十月六日　星期五

七时半起，胡升夫妇吃饭已行矣。十一时至秀升家看其疾，谈半时出。与迟儿同往惠安寓中午饭，坐谈一时许方归。途遇宜昌来人，云数日俱有警报，敌机过宜未投弹也。晚饭后续看《汉名臣传》。清初诸臣忠于满君者多一切清廉自守，爱惜名誉，清末诸臣所不及也。晚十时寝，多梦。

廿五日　晴燥　转钟以后有月色　十月七日　星期六

六时半起。八时饭毕。午后续阅《汉名臣传》。此类名臣，俱从国史馆中抄录付刊者。评列当时奏议、诏令及言官攻讦、劾奏诸事，未必述谥号，赐祭之文，皆二品以上大臣也。间亦列有武职诸臣。清代编有《逆臣传》《贰臣传》两书，余尚未阅过，回武汉后必借阅之。午后为施方白作画已成。前曾为渠作山水小帧一幅，渠又来函再索，因写《竹石图》，题古风喻言一章与之。晚间取得《东湖县志》一部，阅至十一时寝。三时起坐一次，因又类伤风，鼻涕壅流难受。起坐二时许乃已。窗前透入下弦之月光，仍强也。

廿六日　晴燥　十月八日　星期日

七时起。饭后送礼与陈秀升，因渠廿七日散生也。午后二时陈宅来请客，三时去。酒二席，办理甚好，四时半归。晚阅杂书，十一时寝。

廿七日　晴燥　今日寒露节　孔子圣诞节　十月九日　星期一

六时半起。小溪塔带回信件、报纸十馀份,阳春、袁希德、喻育之、孟广潬、廖玉田、梅先霖均有信。报载欧战不甚激烈,波兰已亡矣。湘北我军胜利,重庆频炸;嘉定、泸县、遂宁,以及吾鄂恩施、巴东、建始,此月均已炸过一次。十月三号,我空军九架曾往汉口飞机场轰炸日机数架云云。晚间因袁三明日往小溪塔,便托带函覆喻育之、阳春、先林、玉田并致张渭泉、秦培新、广潬等函,与小溪塔局发出,便购各物。十时寝。

廿八日　晴燥　十月十日　星期二

六时半起。饭后为陈三民写屏对已毕。午后二时补画阎任之山水四幅已成。补写施方白竹石诗。晚寝不安,时时起坐,伤风疾仍未见愈也。睡熟则多杂梦,似余又住两湖补文凭云云。

廿九日　晴燥　十月十一日　星期三

六时半起，连日晴空无云，未见敌机过此，或者袭他省也？补写任之画幅之诗。午后看《东湖志》已毕。晚十一时寝。转钟二时梦见孟夫人，情致不异生时也。

三十日　晴燥　十月十二日　星期四

六时半起。九时早餐，袁三仍未归。午正写字二张。阅《东湖志》各册已毕。此间无可借书之处，闭塞如此，殊可慨也。午后二时袁三归，仅带报纸三份归。七、八号之报余已阅过，九号报无多记载。闻袁云十一号宜市晨有警报，馀无多新闻，战事确系胜利云。晚袁世高请道士五人为其亡妻超度、烧灵，扰扰至十一时未已。余寝后十二时醒，鼻塞涕流，又起挑灯坐至转钟二时半乃寝。自是多梦。四时四十分袁宅锣鼓声喧，扰扰难寐。

九月

初一日　晴燥　十月十三日　星期五

五时半因袁宅喧闹不能睡。六时起,阳光已到窗矣。八时早饭毕。十一时半遂再寝,至正午方起。连日空际蔚蓝无云,秋阳甚烈,一如伏天。节过寒露犹如此,天时随世界大局已变矣。近三年来寒暑不时,类如此也。山中无书可看,尤为沉闷。午后三时忽闻天际飞机声大作,出门视之,前有六只成队,自西东下,向余住宅左山高空掠过。后有九架跟来,前山掠过。均飞行甚迟,不能判为敌机炸后东下,因队行不乱也。后天报纸当所详载。晚间此来机未由此返川,则不能不怀疑耳。十时寝。梦与袁子青共谈一室。

初二日　晴燥　十月十四日　星期六

七时起。昨睡亦不安,起烧水二次,袁宅早喧扰仍甚。九时梦闲腹痛,欲分娩。而定儿腹痾未愈,时时下红白冻,又索食。余则料理其吃与痾,真焦灼万分。正午十二时梦闲产一女,甚速,人亦安全。余与袁妪接生,室中无人招呼,尚不慌乱。客中况味不堪,偶思往事,令人于色不能止耳。午后一时四十分天际敌机声大作,掠此间高空过。有见者云十二架,大约又系炸四川也。二时五分又来一批,似由前山掠过。四时并未见敌机由此转东下。今日定生腹痾,至晚七时半止,共有卅馀次之多。惟饮食如常,嬉戏仍如常也。七时半儿乃睡。余今日气力已疲,诸凡一切烧水、弄饭、抱小孩均自为之也。龙汇东着人送信来,为请榨匠事,便书一函复之。九时半寝,十二时半起坐。鼻塞吐痰,又类伤风。转钟二时再寝。系我机炸汉口敌人。

民国二十八年（1939年）　九月

初三日　晴燥　十月十五日　星期日

六时半起。定生痢疾仍未愈，七时为之烧茶、吃饭诸事。九时余自炊得食。十时零五分敌机来，自下游又袭川矣。机声多，似有十架以上者。午后自炊。定生疾，余检白芍、当归、黄连、车前、川芎、甘草与之服。晚十时寝，定生今夕安睡。昨日午后机飞系我机轰炸汉口敌人，分三批东下者。见《武汉日报》，后又见重庆《扫荡报》廿九年一月五日《汉皋来客谈》栏内。

初四日　晴燥　十月十六日　星期一

六时起。定生疾已大减，午后连吃粥饭，顽劣如初。郭恒升送礼来。今日甚疲，思睡，遂小睡一时许。今晨小溪塔转来子谷函，云战事，湘北已有大胜利，刻下水已退落，江防甚严，敌人不能来犯云云。又，十二号报载，德灭波兰以后即言和平，画波为缓冲国，英、法不欲战，似可望停止也。晚十一时寝,着单被,不以为寒,睡亦安恬。

初五日　晴燥甚　夜转钟时小雨　十月十七日　星期二

七时起。八时半饭毕。今日定生疾已全好,饮食如常,痢次数亦减,玩笑亦有精神也。午后龙惠东着张性第送礼来,并带函,附九月朔夕所请乩仙,有张果老仙、张桓侯、关平诸仙。词句仍为词曲体,与前次余往覃宅所见者同,扶乩二人文笔均欠通,而此词句决非彼等所能捏造者也。是何灵神?或狐黄之类凭之耶?此则理之不可能者。前数年曾见人家扶乩,数次文均欠通顺,此则速而且雅矣。则乾隆间阅微草堂所见者为不虚矣。晚十时寝,多梦。

初六日　阴　小雨　午后三时似晴意　十月十八日　星期三

七时起。午正陈吉轩来坐谈半时去,并借来《新智囊》二册,元和宋宗元所著者也,体例似《世说新语》之类，晚略流览。十一时寝，梦先君送余至武汉，余过江后，先君自渡汉口宿，余命阳春送之。又，余至保安门，宅后堂改做瓦石堆集，一妪开门，指示余出。过一后门径入，则大家也。楹栋华丽，厅堂多挂泥金大对，有杨守敬书之金联一副。余未暇视其款，匆匆出此屋，头门且闻婢女闹吵声。又梦一理发匠为余取耳灰等事。

初七日　阴　夜有小雨　十月十九日　星期四

七时半起，昨睡尚安。早饭后写信与宋济贤、彭受虚、刘伯阳、李懋功、施方白、阎任之、陈子谷、向胖佛、孙寿山、朱阳春诸人，备派往小溪塔发出。午后写王文端信。陈光兆又由小溪塔带回信一包、报三份。初二日午后机声系我机十二架往汉口轰炸敌人也。晚十一时寝，多梦。

初八日　阴　雨　十月二十日　星期五

七时起。十时张性第送肉来，便托其带一信与龙惠东。午后补写阳春、子谷二处信,并托子谷购邮票五元。晚将各函封好,备明日袁三往小溪塔去,九时方毕。十时半寝,多梦。

初九日　雨　今日重阳　十月廿一日　星期六

九时起。昨计今日为晴,当往对山登高眺望,今日乃以雨,败兴也。袁三亦未往小溪塔。昨、今两日午饭及晚间均饮酒三杯。盖又酿糯米酒,甚涌出,以汾酒兑冲之,味厚而香也。雨中闷闷,不能外出。十一时寝,多杂梦。

初十日　雨　阴寒　十月廿二日　星期日

七时起。雨中无事,又无书可阅。晚补写洪英、文端、罗国二片,付袁三明日往小溪塔发出。晚十一时寝。

民国二十八年（1939年）　九月

初十日　早大雨　午后阴　寒　十月廿二日　星期日
重写

七时半起，知袁三仍未往小溪塔。饭后张性第在龙惠东家取来线香四十八根。闻惠东不在家，此则其妻所与者。试焚之，味永，香亦不烈，可喜也。前借《汉名臣传》六本，付之便带去。晚十时寝。转钟二时醒，起坐，鼻堕清涕，约一时许乃止。

十一日　阴　午后三时转晴　晚月色大明　十月廿三日　星期一

七时半起。饭后写字数张，昨、前两日均写大字。自来此间，久未秉笔也。晚具香楮并素面、茶、酒，祀先母吴太夫人。明晨十二为先母冥寿也。计年如存，今年八十五矣。母没已丑年，设存，见余等逃难在外，其伤心何如耶。带同定生叩奠如仪。八时半写杂稿。十一时半寝。转钟一时半起坐一时，又似伤风状。二时半又睡。似梦喻育之、方耀庭在座，众谓请喻语水电公司事，谓方述时事。方询余已往燕子县否。余漫应之，谓至则无人招待，仍回矣。红日照于方面上，方似手持丛花，患目疾状。

十二日　晴　晚有月色　今日霜降节　十月廿四日　星期二

七时半起。饭后三民来谈半时去。十一时带同迟生至瀑布对面小坐一时许。今日天晴气爽，惜无地可供游眺者。傍晚袁三归，带回太辅及监利县郑桓武县长一函，报五份，纸、印俱劣，模糊不能认辨。欧战不甚烈。其他载我军胜利消息，未作恳切之语。又载十月三日、十四日，我机两次炸汉口倭军机场，写得声势浩大，是否确实？阅之甚快慰也。六时五十五分忽闻天际机声自东而西，掠此间当空而过。七时五十三分又一批九架经此高空过去。九时廿五分闻敌机转来一批，以时间仅一点半钟敌机即返，度之似非轰炸重庆，或者为奉节、梁山、万县等地耳。十时似又一批转来，但声甚远，静中略辨，由前山掠过，但听未真。十一时寝。转钟二时半敌机转来，掠此间过去，则必有一批炸渝矣。

十三日　晴　夜月不明　十月廿五日　星期三

九时半起，因昨睡不甚安也。饭后无所事，补看《东湖县志》。晚十时半寝。转钟二时半醒，伤风，约坐二时许，四时再睡。宿梦已回鄂城住宅矣。沈炳琳、石仲章及来宾十馀人，又有临时来探访者，谓系余生期云云。又见先母亦在家中，如平昔状。醒时记之，则今日为先母生辰也。未致奠，有罪甚矣。

十四日　雨　寒　十月廿六　星期四

九时半起。十时半早饭。午后雨略小，寒甚。昨、今两日俱饭酒，每次三杯。余向不爱饮，去冬至今山居无事，每饭必饮，借以解愁而已。仍阅《东湖县志》，此地又无书可借阅者，其闭塞之地也。晚十一时寝。转钟二时半醒,坐一时许又睡。梦余与鲁兰荪又入两湖补习方准毕业。至湖堂校舍,似已缩小,由楼上下楼入寝室外看各生姓名,无一识者,审视则年青学生也。一斋夫道余云:"此系新校,若君等之校址,距此尚有廿里,名泊粟。"余问校监何名,则云周凤璋。遇兰荪问及傅端平、张肖鹄,则云俱已到校一星期矣。尚有三星期毕业,此为受训,补习后方给证书。又遇一人,似夏秋舫状。梦中问及"泊粟"二字,则道余者告之也。五时半醒,记甚了了。噫!余梦至湖堂补习,去年至今非止一次耳。有易、张诸人,倏忽廿八年,尚须补习耶。梦境可笑如此。

十五日　阴　晚月色昏黄　转钟后时有小雨　十月廿七　星期五

九时起。十时饭毕,写喻育之一函。午后四时宜昌城有一朱姓商人随同黄土坡店老板来,述此间陈光锦骗渠布匹钞洋事,约数二百元。现光锦已逃避矣。此人可恨,余嘱其投鸣秀升及郭保长调处,退物以去。晚恐伤风复发难寝,遂延迟至十二时寝。寝梦杂,似回乡间,又见胡方臣大伯抱木枪十馀，逡巡前奔。又见卢本棠教员述各事。四时醒，起溺后类伤风，坐半时乃睡。

十六日　阴　晚月光大明　十月廿八日　星期六

七时半起。饭后阅《东湖志》。十二时带同定儿往溪边看水，并渡水看瀑布，约一时许方归。午后三时三刻余登左边高山山路，羊肠窄径，频于山边螺旋而上，颇难行。约大半里许寻得瀑布之源，盖山溪也。由高山之水下注于溪，再由溪奔泻直下两石山之缺处，遂为瀑布也。其旁立石长约八尺高，上略大，如人戴笠而立。过溪有土地祠，像已毁其半矣。山溪水清，且有小鱼甚多。立片刻，遂与长青同下山。长青徐姓，前数日来此引小孩者也。四时三刻抵寄庐。此瀑余锡以名曰"匹练泉"，既为诗以纪之矣，似不可不寻其源耳。五时胡升自宜市来此，携有子谷、王安雪函，又报纸三份，欧战未息，吾国与倭战现无胜负。补载秭归十五号被炸，似甚惨也。馀无多事。子谷附云巴东来款，后天当着人去取。细询胡升宜市及武汉情形。晚十一时寝，多梦。似已乘江新轮未下状。

十七日　阴　寒　十月廿九日　星期日

九时起。饭后阅杂书。午后三时被陈光锦拐款之朱某来乞为之作主。余谓保长既愿备文将光锦送县，汝失之款可以归原矣。即嘱此人约惠安来与语各事去。晚陈姓来，为定生所谓走胎事，做泥人以火烧之，并令鸡蛋炸裂，谓此可除走胎之患矣。余不信此事，亦未往观之。十时阅县志。十一时寝。转钟后梦余回武汉，充省立师范并二中学教员，已正式上课，与生徒讲解。又似回鄂城。

十八日　阴　午后三时半小雨数次　十月卅日　星期一

九时起，昨睡甚安，定生夜间睡亦安好。十时早饭。午后二时往惠安寓，问其明日能往宜昌否。呼迟生来与同至小峰寺一游。便还陈吉轩欠布洋四元，吉轩遂同余往寺中一看。现寺左边已做起土墙屋三间矣。有僧与一仆看寺，寺中已打扫，非似二月间余来游时情况。余细察钟鼓均好，此钟甚大，难寻铸时年月，大约总在清初所铸也。其铁香炉为乾隆戊午年所铸，倘僧能勤，天到曙时鸣钟一次，黄昏击鼓，实可动人深省也。便访一教书先生，黄姓，小蒙童五人，足以点缀此地风景。邻寺而居者四家，以天雨未久留，与迟生遂匆匆归，到寓已四时半矣。馁甚，食饭毕阅《聊斋志异》上册，以字小恐伤目力，遂止。计今日往返行山路十四里矣。十一时寝，多梦。

十九日 晴 晚阴无月 九时以后月光大明 十月卅一日 星期二

八时半起。饭后陈寄轩来谈学诗事，约一时许去；午后三时又来谈，坚请改其近作重九诗，又独酌诗二首以去。晚寒甚重，霜降已逾八日，转瞬立冬矣。余近二旬中无夕无梦，良由身体弱。秋夜已凉，每感鼻塞流涕，类伤风之状。展转起坐，倦极而睡，神精衰弱，脑血不充，致环成梦境也。梦每奇杂，不近情理，可笑者多。早寝、迟寝总不能避免不做梦，殊以为苦。梦境欤？苦境欤？现在举世昏昏一梦境也。十一时寝后梦更杂。

二十日　晴　夜有月　十一月一日　星期三

八时半起。饭后阅杂书。午后张性第送栗子一斗来，小粒而烂者甚多，索价一元八角。此人做事不可靠，且好利之心太重，付以一元六角以去。并带来龙惠东十三日函一件，时期已过，勉作一函复之。晚伤风，鼻涕频流，因今午剃头伤风，喷嚏频作，极为难过。十一时寝后梦至徐克诚家吃饭，陪余者数人，其老年姑父为之主酒，菜甚丰。又梦先母、先姊，似居鄂城宅。

廿一日　阴寒　小雨数次　转钟三时有月光　十一月二日　星期四

九时起，胡升来，知惠安已往小溪塔去。午后阅《聊斋》三则，字小，不耐久看。晚复龙汇东函，并作冯、徐二函为之说项，明日当着人送去。十时鼻涕频出，服药后寝。展转不寐，转钟四时又醒起坐，鼻塞咳嗽，极感痛苦，胸胃间俱痛。五时以后睡熟，梦先父母同在一室，又嘱余时①糯米饭等等。

廿二日　晴　十一月三日　星期五

九时起，嗽未愈，且有气拥胸，懑甚。饭后命长青送函与汇东，晚归，持回函，并关帝乩笔阴骘文一篇。大意起段何以为阴骘。《洪范》曰：惟天阴骘下民。骘言安定也。言天于冥冥之中，默以安定下民。天不言而岁功成。所谓大造不言造，化工不言工。人能体天之心，广引阴骘，亦若是焉而已。又曰：然不可以阳行之，而必以阴为者。善之作为，有好名者，有市义者，有所为而为者，善量义狭。语云：善欲人见非是真善，惟有不好名，不市义，不望酬报，不矜得者，作之于不知不觉，行之于无臭无声，务使受我德者无望酬我之德，沐我恩者不令报我之恩，是乃所谓阴骘也云云。馀为吕祖、蓝采和判词。此坛余曾两见，乩笔扶乩者仅一人粗通文笔，决非伪作。然则

---

① 时，此处疑有误。

果何神仙而凭之耶？晚十一时寝，气喘咳嗽不畅，转钟四时起坐一小时，极疲惫难受。睡熟多梦。

廿三日　晴　午后阴　十一月四日　星期六

八时半起。饭后郭渊伯、陈三民来，请写函与邓区长，欲在张家口做食盐公卖处，不知能行否。写竣付之去。今日咳嗽仍甚，咳后气喘，极以为苦。此疾推算十年来均有之，秋末冬初最甚，到春末方愈。此期间月必一二次，去、今两年较往昔甚剧也。善医者余未逢之，勿乃运气使然耶？夜恐咳难耐，迟至十一时方寝。然安睡不适，三小时馀醒后仍咳。睡熟多梦，似见邓麟生共语。又余曾代其宣扬政绩也。

廿四日　晴　十一月五日　星期日

九时起，咳仍未愈。十时检惠安自小溪塔带回各信件，计洪英、祥焕、周淬成函，内附红帖，谓其子十月结婚。姜成杰函,请寄汇款接济。陈庆复函,云巴东上月二日被敌机轰炸五次,有二次受损失。彭受虚二函。云汇款事。又报六份,无多记载。《大公报》已到四份,新闻较多,但日期过迟也。午后带同定儿往惠安寓中,问宜市各事。晚六时睡片刻,起来则咳不可耐,胸胃俱痛。八时袁世高来述分乡生意,百物亦涨云云。余恐咳难受,迟至十一时方寝,寝后四时仍起坐咳,时胸胃痛。天欲明,楼上袁姓小孩哭不已,哭且喊,近一月来每夕必有三四次,真可恶也。而此孩之铺隔一层板,恰在余铺之上。

廿五日 晴 十一月六日 星期一

七时半起,至门外,天气甚寒,高峰见日光,万里无云,深秋气爽,红黄满山,古人所谓"秋山如画"者是。咳嗽未止,比昨日较轻,心胸痛时作。午后三时三民引一陈姓来奉问。此人为军部兵站驻张家口看守军米之负责人,与谈一时许去。晚间以细辛、薄荷、防风等药煎服,并加柴胡发汗。八时半即寝,十一时醒,得汗甚微,闷咳不可耐,遂起坐。转钟以后又起一次,咳时胸胃痛甚。三时又睡，宿梦回鄂城本宅，前重租人北方口音，做炭元生意，杂物堆集。又见先母在第三重睡，床被不整，似初归者。佥云："倭寇退尽矣！"但余由小北门进城时，街市冷落，店门未开，状极惨然。又见萧敦五在余后宅睡，问之则疲饿甚久，不能兴也。此真梦杂无伦。

廿六日　上午晴　午后雨数次　十一月七日　星期二

八时起，病仍未愈，又服药一次，惠东送来广陈皮二钱，检入药服之。午后咳稍轻。晚十一时寝，辗转不寐，但未咳嗽。转钟后馁甚，遂起坐床，食栗数枚，心烦乃止。睡熟后多梦。旋闻山谷中大风雨起，惊觉欲起，似力不支。天欲曙，吐浓痰四五口，胸膈乃宽畅矣。

廿七日　风雨交作　寒　十一月八日　星期三

十时方起，咳嗽较昨稍轻。饭后写子谷、阳春、丹阳、彭受虚、黄仲恂、刘伯阳等信。派袁三及长青明晨往宜市，为王安雪寄包裹，便买各应用之物，备三数日内出门之用。晚因补写仲恂一函，至十二时一刻方罢。记梦闲去年今日自杨家场迁小峰，今恰一年矣，思之惘然。转钟半时方寝，直至五时醒，咳嗽大作。未几袁三、长青等准备赴宜昌，扰扰弄饭，遂不能睡。

廿八日　阴　大风　寒甚　十一月九日　星期四

六时起，成衣匠犹未来，余亟需棉袍改做棉裤，破烂不堪，用短纺绸长衫改作面子。十时半成衣匠二人方至。午后寒甚，天色昏黄，如隆冬欲雪状，与去年今日大异。晚十时半寝，甚熟。转钟三时醒，咳嗽大作，胸胁扯痛矣。睡熟后仍多梦。

廿九日　阴　寒　十一月十日　星期五

九时起，十时早饭。记去年今日晨七时自杨家造饭，与万内子、迟儿、艾甥、邓婿及梅先林，胡升，王、杨二仆，及眷属一行人伕共廿馀人，八时动身，晚五时抵此，倏忽一年矣。此一年中所受痛苦激刺，来往奔驰，精神疲怠，思之伤心，言之堕泪。记余自离鄂城之宅之日起，计至今日，则十六个月矣。东望家园，曷胜惆怅。小女近数日似病状，余未锡一名与之。从前拟如添一男孩，当锡名曰"宜生"，以其在宜昌生也。此女生时睁眼，貌极恶，其貌似余从前所见之人，殊为奇事，此则不可思议者也。晚七时袁三与长青在宜昌未归，不知信已送到否。九时仍未归。十一时余方寝，多梦，寝亦不安。

十月

初一日　阴　小雨数次　寒　壬子　十月大　建乙亥十一月十一日　星期六

八时起。十一时袁三与长青方归,携向胖佛、陈子谷、孟广漳、邓实、李懋功、朱阳春等函。余前寄香港黄松庵先生函已退回矣。批语:"迁居,不知。"黄松师究迁何处矣。去年武汉失陷后,未接香港来信,或者已往昆明耶?馀俱系报纸,无多可记者,战事仍如前状。晚间小女似病加重,不食乳,喉中若疾未能出者。面渐瘦,呈惨白色,仅目光如常视人耳,惟音暗可虑。余以客中无一日安适,亦心烦不能已。十一时寝,咳嗽时作,必起坐。睡后梦萧敦五如昔时。

初二日　阴　小雨　夜深小雨数次　十一月十二日　星期日

七时起。八时视小女疾似愈状。九时余与三民、世高谈各事。十时再视小女，面惨白，气频噎不得出。命梦闲急喂鹧鸪菜，约半时后乃平服如常状，惟四肢冷不发热，旋睡熟。十二时醒后又似前状，余虑其动惊风也，又无药以治之。今日此女弥月，昨以袁三未买肉菜诸事，致未邀客小聚。午后遂进香视孟夫人佑此女而已。十时半女又微睡，目上视，不合眼睑。余虑其难愈，然至此亦无可奈何。因忆女堕地时貌，虑万景德或亦讨债来欤？晚六时女疾又转重，目开视，不能哭，又不食乳。以水灌之，似难即吞，延至十时已无气力矣。梦闲大哭，余以心伤儿女事太多，忍泪嘱袁三等抱女出外葬之。堕泪如雨，自烧茶水慰梦闲而已。十一时乃寝。寝后梦李佛波之妾名寅生者，扰扰多时。转钟二时半醒，又闻梦闲哭声，心烦乱，咳嗽大作。又起坐二次，疲极，和衣卧，梦杂乱可厌。

民国二十八年（1939年） 十月

初三日　阴　时有小雨　十一月十三日　星期一

八时起。饭后心烦乱殊甚。欲外出，而路湿不易行，且往何处耶？闻近日米、炭、盐俱涨价，奸商操纵，如此可恨！余尝谓："中国人最坏，而商人为最。"从前全国奸商首沪、汉，今则首宜昌矣。抗战以来，沪、汉及下游各省避乱来宜者，无不受宜商之欺诈、下等人力之讹索与欺侮。沪汉商民、官绅、土劣，虽之施于人者，至宜昌乃得受其报矣。噫！宜昌人心之坏，将来何人报之耶？天高梦梦，果无言欤。午后无书可看，时睡而已。晚十一时寝，多梦。

初四日　阴　小雨　十一月十四日　星期二①

九时起。饭后写复各处函，如向胖佛、朱阳春、孟广

---

① 自此日以下至本月廿三日，手稿中星期均误，据实改。

漳等五人，明日命人送小溪塔发出。并函索郭渊伯前月所借之款，此人说话无诚信，现已月馀，尤未归还，前济其急，现则淡而忘之矣。晚十时寝。

初五日　阴　正午有阳光甚微　十一月十五日　星期三

八时半起，昨睡甚安，咳嗽时少，浓痰亦稀，或者可痊也。函催郭渊伯还款，以备出门之用。晚十时寝。

初六日　晴　万里无云　十一月十六日　星期四

七时三刻起。今日无事，带同定生至河边小憩，约一时许归。午后四时长青回，带回子谷、袁希德信，并稚松十月廿七号沪函。各报所载战事又趋于鄂北、鄂中，应山、安陆敌又增兵，仙桃镇失守后尚未恢复。本月四号马湘伯疾殁于法属之谅山。湘伯今日四月百龄大庆，国府曾施以隆重典礼者也。晚无事，七时半即寝。转钟二时醒一次，咳嗽已愈，睡熟仍多梦。

民国二十八年（1939年）　十月

初七日　晴　十一月十七日　星期五

八时半起，清理各事，准备出门。胡升在寓无多事，便带之写账，粗记各事而已。陈三民荐来李成家甚笨，以之充勤务，百事不懂，不能不带胡升同往也。晚间清理行李等件，嘱袁老三、轿伕早睡。十一时寝。

初八日　晴　十一月十八日　星期六

六时起。七时家人弄已齐备，七时半起行。自寓下山乘舆至张家口，行十五里。袁世高赶至，谓渠亦至雾渡河看亲戚云云。正午至邓家坪打尖。自邓家坪经七里峡至雾渡河，山高河窄而曲，乱石磊磊，极难行。傍晚经王宇晴家，陈三民坚请留王家宿，未至雾渡河街市也。饭后与雨卿谈甚久，今夕由其家招待者尚有三民、胡升、李成家、袁世高及轿伕二名，予甚不安。

初九日　晴　十一月十九日　星期日

七时起。八时半至雾渡河区署，打电话至远安、兴山两县府，便查看街上情形。区长邓云勘，浠水人，办理区政无条理，街市闻烟馆尚有五六家，街道亦不洁净。系李专员之友人，迂腐甚。坚留予与三民午餐，便请其添雇挑伕一名，因李仆实不能挑也。下午四时仍回王宇晴家宿。

初十日　雨　夜雨达旦　十一月二十日　星期一

六时起，盥漱毕，步行至雾渡河楼房早餐，邓区长来送行。饭后仅行三里，天忽雨，区署派队士引路，遂驻陈姓保长家，三民佃户也。饭后雨更大。该屋不能容多人，遂嘱队士借伞、笠等件，冒雨行十八里，至杨家大庙但家吃午餐，休息二小时。雨仍不止，又冒雨行十里，到黄立生家中晚餐、借宿。立生未在家，由其侄与弟招呼一切。天雨未止，又无人共语，乃寻一李姓充教员者谈至十时寝。

民国二十八年（1939年）　十月

十一日　雨　午后阴寒　十一月廿一日　星期二

七时半起，雨未止。八时早饭毕，嘱雾渡河队返署，由该处保长另派一人引路，仍冒雨行。到龙洞坪打尖毕，雨亦止，嘱伕子急行，五时到水月寺小集镇也。驻黄家客栈，此栈主兼办邮政，屋尚宽。今日天气极寒，晚间大风，幸木炭便宜烧火，嘱伕子及成家等多购御寒。十时寝。今日舆过界岭时，触景作诗一首。

十二日　阴风寒甚　十一月廿二日　星期三

八时起，闻栈主云前路极坏难行，决定在此休息一日。该镇余前宪、赵慎修等来谒，坚请午餐，遂过余宅谈二小时。饭毕便往水月寺一看，寺甚古。前年张连之队伍叛变时，省府曾派飞机来轰炸，街市房屋毁者六七处，尚未修复。此镇属兴山县第二区。晚自卫队训练班有学生二人来谒，并派二队士来守卫。此地甚僻，从前多匪，闻自卫队在此训练，尚安谧也。十时寝。

十三日　阴　晚有月色　十一月廿三日　星期四

五时起，天曙早饭。六时起行二十里，至姚家坞墒打尖，系包谷饭。自是山路崎岖，如擂鼓台等地极难行，均下舆步走。下午五时始抵月溪湖联保办公处。联保主任贾先志太年轻，据说已经受训二次。处内尚整洁，有条理。欲再前进宿店，伕子不愿意，遂命胡升交款，请贾代办肉菜、购米具晚餐。遂宿该处。多杂梦。

十四日　晴　十一月廿四日　星期五

六时起行，二里许到石槽溪早餐。饭后前进至黄良坪，兴山县已派政警队王队长来接。该镇居民不多，葛姓士绅坚约予至其寓吃饭，略与周旋，并问兴山县近况。据称秦前县长绍恬粗暴，现在刘县长平和，办事亦有条理云云。下午四时抵兴山县城，住复泰栈。晚饭后至县府，刘汉清县长已赴某处，由财政科长龚沛霖招待，便询财政情形。回栈后给款命袁老三、卢启应等回小峰，并付家信一件，嘱其明晨即行。途中写就刘伯阳、黄仲恂、向胖佛、朱祐亭函，今晚均发出。十时寝。

十五日　阴　小雨　十一月廿五日　星期六

七时起。八时县府周秘书来访，谈片刻，与同至沈季弢家中。沈与予同学，抗战前即回籍矣。谈甚久，就其寓中饭毕回栈。正午至县府，又至长途电话局，欲与雾渡河邓区长通话，值其出。五时财委会请便餐毕。八时至周羨敏秘书寓中一叙，住宅精雅。九时返栈，决定明晨赴大峡口至秭归。

十六日　阴　午后晴　晚有月光　十一月廿六日　星期日

六时起。早饭毕，清理行李等件，下河搭船至大峡口。刘县长、张秘书来送行，与谈半时。候季弢未到，彼有足疾，恐未能来也。七时船开，九时过邓家河。因船在此载煤，予遂起坡，行至大峡口，兴山第一区署在焉。予径入区署，嘱随行人住客栈。区长张泰福，黄冈人。区员二人，均知予今日到此，留饭，遂宿区署。是晚同到署者尚有李希平，同保安处上校视察，沔阳陈勘平同到，亦宿于此。饭后小立，署外见对山晚景，区长指称为孝子山、金家山、滴水岩诸名。月圆如镜，风景甚佳。闻此镇虽有敌机经过，并未遭炸，惟地方系军行要道耳。十一时寝。

十七日　晴　十一月廿七日　星期一

六时起。七时到栈早饭。昨已由区署雇定船只，七时半上船。下午三时到智溪，嘱胡升等觅栈房住，予往联保处问各事，并电话秭归县府胡县长，准备明日到秭归城。饭后往街市一游。晚宿办公处，嘱其代雇民船，明晨开上水。

民国二十八年（1939年）　十月

十八日　晴　十一月廿八日　星期二

晨起。早点后至河干，同王书记乘船往秭归。十时经旧秭归，又经屈原祠，遂嘱舟子停船到屈祠一诣。祠内塑屈子像，貌和有须。后殿塑女像，屈子姊也。此地屈姓甚多，闻为屈大夫之后。祠有联，惜时间仓猝，未能记忆。正午到秭归县府，胡子韬与李秘书贯群均晤见，谈甚久。出府途遇聂湘，已面胖矣。遂与同行，至各街一游。聂湘面请下午在府酒叙，十年未见，颇为欢悦。湘坚约予过其寓住一日，予到巴东心急，未允也。秭归城内房屋炸毁甚多，冷落殊甚。据湘说，渠来时城内尚繁盛，敌机轰炸数次，乃成此象。晚饭在府，酒肴甚丰。饭后与胡县长、李贯冠①谈二小时。回栈后胡、聂又来谈甚久去。十二时寝。秭归屈公祠外有咸丰七年王某一碑，任鄂提学使。

---

①　冠，应为"群"。

十九日　阴　十一月廿九　星期三

五时起。六时饭毕，乘舆前进。李秘书、胡县长来送行。十时至浅滩早饭。正午过石门与省银行许股长遇，彼亦到巴东者。下午过张家溪，至牛口镇。此地人烟甚密，宿王姓旅馆。

二十日　晴　十一月卅日　星期四

六时起，促伕子等急行，惧空袭。正午抵巴东市区，生意畅旺，人民拥挤。予未停，午点后即促舆伕急走到中垣子，与彭、陈二君谈各事，仍居原室办公。晚饭后写信与子谷、阳春、胡县长，备明日发出。十时寝，展转不寐。

廿一日　晴　月色佳　十二月一日　星期五

七时起。党部已设有电话，甚便利。十时十分闻有警报，敌机十六架过野三关矣，正午解除。饭后予往马鹿池民教育馆，刘馆长未在，联向启权至中心小学晤校长矣。祖藩下午四时归。晚与李竹君、彭受虚等闲谈，晏寝。

廿二日　晴　晚大风　十二月二日

七时起。今晨写信至午后三时止，共发十三封，分寄内子梦闲、喻育之、陈子谷、沈碧舫、向胖佛、黄仲恂、程稚松、张啸青、孟迪甫、姜显谟、邓实、周北翔、孟广漳、袁希德，备明日付邮。晚十时寝。

廿三日　晴　晚月月[①]佳　十二月三日　星期日

七时起。正午阅报，知南宁已失陷矣。姜成杰自火峰来此，取洋贰拾元作零用。留便饭，就此宿，明晨回校。姜年轻，能吃苦，可嘉也。

廿四日　十二月四日

七时起，昨睡甚恬。姜成杰早起，已行矣。今日写一函与诸小涛、徐痴愚、龙惠东、胡太辅、萧液垓。嘱成家画一简图。下午喻民安请予便饭，同席彭、蔡等九人。晚十时寝。

---

① 月，疑应为"色"。

民国二十八年（1939年） 十月

廿五日 晴 十二月五日

七时起。九时饭后至龙池巴东县政府办事处，通电话至施南省府，与严代主席通话半时许。黄仲恂未在省府，由贺葆三代接话。毕晤刘京之、谌培善、朱少甲等谈甚久，出回谭家祠堂。下午四时在蔡心寿寓中吃饭未毕得电话，知巴东今晚有停轮，明晨开宜昌，遂匆匆带同胡升、成家雇伕乘舆下山。至县府请周小溪县长饬警购得民政轮房舱，然费尽力量矣。晚十时周县长送予上船，略谈别去。船未开，空气龌龊，睡极不安。

廿六日 晴 十二月六日

六时半船启椗。十一时到香溪，船遂停。闻有警报，未往宜也。午正带同胡升等至智溪岸上吃饭，耽延二小时返船。午后四时船开行，傍晚抵宜昌，住金台宾馆。约朱阳春来一晤，并就市上购各物。访蔡心寿，知其病已愈矣。

廿七日　晴　十二月七日

七时起，匆匆雇舆至三游洞，晤严任之、帅和甫等。下午七时至县府打电话与邓区长，访宜昌县府殷科员、路秘书，嘱其代雇舆，备明日回乡，不致耽时间也。买杂物毕，仍宿宜昌旅馆。

廿八日　晴　十二月八日

七时起，雇车至小溪塔早饭，又买零星各物。到杨家场陈文伯家，文伯与其弟均未在家，由其子招待。细访旧时邻居各人。晚寝不安。

廿九日　阴　十二月九日

八时饭后自陈宅到区署，打电话与沙河县府，嘱其备轿。傍晚遂至小溪塔罗家饭店宿。

三十日 阴 十二月十日

七时起。八时乘舆过河。早饭毕促舆伕、挑子急行，过黄土坡、廖家林等处略为休息。自是过锦文坡、张家口，傍晚方到寓休息。饭后细询近月各事，定儿、迟生均好。晚间清理各事，嘱家人明日派人购柴米杂事。十时寝。

十一月

初一日　阴寒　午后二时微雪　十二月十一日　星期一

八时起，倦甚。午饭后往陈秀升家略坐谈，并剃头一次。晚间欲写各处函，以倦中止。十时寝，展转不寐，多杂梦。

初二日　晴　阴寒　十二月十二日　星期二

八时起。饭后清理室中各事，将窗子撕去，重糊白纸较为光明，便于写字、阅书也。至三小时方毕，欲写各处函，以身倦而止。晚九时寝，多梦。

民国二十八年（1939年）　十一月

初三日　阴转晴　十二月十三日　星期三

八时起，倦甚。饭后内子往溪畔洗衣服去，余遂在室中写信，备明日派人往宜市购物，便于发出。计致阳春、胡升、受虚、任之四件，馀则复郑宇平、李佛波、孟广漳三函也。写函至十一时方寝，多梦。

初四日　阴　十二月十四日　星期四

五时醒，呼承家起，闻其饭毕去。八时起，饭后清检各事，晚写日记。此次出未带原本，须补之。九时半寝，梦甚杂，似已回武汉者。

初五日　晴　早大霜　十二月十五日

八时起。饭后写信，清理书籍，晒衣服等事。晚看成家带回各报并萧液垓、罗资深、邓实等函。十一时寝。

初六日　霜　晴　十二月十六日

九时起。饭后写致向胖佛、阎任之、施方白、陈文伯、胡文仰等函，俾明日袁三往宜昌发出也。近三日来，饭软茶甘，调养得法，能多进食。并以月前秭归聂爽诚所赠之花雕酒，每饭饮之，甚适也。十一时寝，梦与汪南畴相晤一室。又途遇汪坚，约之到一室谈话，彼劣性根似尚未去也。

初七日　阴　寒　十二月十七日

九时起。饭后写致严代主席函，久不就，因叙事多，不能概括也，午后三时稿甫成。晚写复罗资深等函数件。今日又伤风鼻塞，幸不甚剧。十一时寝。

民国二十八年（1939年）　十一月

初八日　晴　寒　十二月十八日　星期一

八时半起。饭后写致吴市长、范寄沧等函。十二时三刻天际飞机声大作，出门视之，自西方天空来。前后三批，各九架，整齐成分队。飞甚低，或者吾国空军东下炸汉口欤？明日当知之也。四时半未见飞机西上，则今日东下者必敌机也。今夕写信共十件，而致严主席函附报告约四五千字，连前日所写者共十四函，计陈文伯、罗资深、刘伯阳、邓区长、邓实、萧县长、向秘书、范寄沧、吴市长、程鹄年、朱祐亭、施方白、阎任之、陈子谷、严主席十五人。目倦神疲，至转钟一时半方毕。封后已上午二时，方寝。

初九日　晴　寒　十二月十九日　星期二

四时半醒，呼成家、长青起。五时半以陈文伯函付成家。因袁老么有事求文伯，约之同往两河口也。以各函并得七元交长青往宜昌去。天尚未明，遂复睡，八时四十分方起。饭后整理室中衣服及桌上书籍，约三小时毕。欲作事，以倦而止。午后三时一刻天际飞机声大作，出门视之，有九架成队由前山高空掠过。五时成家自两河口回，云彼见有十八架飞高空，则今日又为敌机炸川归也。敌人横暴，天实佑之，将奈之何！或曰恶不积不足以杀身，其倭之谓乎？晚写日记。十时半寝，梦张立群请客，并述彼近况。

初十日　阴　十二月廿日

九时半起，倦甚。饭后自粘各地图，以便浏览，以新画图加入订一册。午后买盐卅斤，以便分给迟生腌肉、菜等事。晚长青归，携有信件，并今日李尧阶取回信、报，云我军在鄂中者反攻胜利，须慰之。至得鄂城潘仲平、洪英、万子云三函，述各事。与前月子谷一函，述战事甚佳。吕景和一函，得事。馀叶文鹏、孙寿山函，述武昌房子现已布置修理，由陶洪生招呼一切。程稚松寄来《标准万年历》一本，分六函寄来，但此收到五册。此历较好，可助余补从前日记之参考也。黄仲恂复函云通志馆编纂员已补石瑛所荐之李大伯，余函到迟，彼已补入矣。十一时寝，咳嗽频作，转钟后方熟，多梦。

十一日　阴　月色昏黄　十二月廿一日　星期四

八时起。饭后写复各处信。午后袁宅商议向秀升家购猪宰之。去年未腌肉，今春夏间俱无肉食。因此间乡间小市，冬初方有宰猪者也。晚餐自弄，家人俱往陈宅分肉去，至十时方归。十一时半寝。

十二日　晴　夜月色佳　十二月廿二日

九时起。饭后写复洪英、孙寿山、陈子谷、朱阳春、胡升、柯克明、施方白、阎任之、黄仲恂、向胖佛、张重心、潘仲平、周淬成等函十三件，晚六时毕，交与长青明晨往宜市胡升处发之，并买各物件。十一时方寝，多梦。

十三日　晴　今日冬至　十二月二十三日　星期六

五时醒，呼长青起往宜昌。七时起。九时饭毕。午后小睡甚久。晚看《近思录》第一本前十页，从前有此书而未看，今夕乃得见之，朱子阐明程、张之学也，吕东莱亦推崇此书。此书颇有味，惜与近时潮流不合，非致富强者也。十一时半寝，睡甚恬，梦多且杂。

十四日　晴　十二月廿四日

九时起，整理出差各帐。十二时饭毕，午后带同定生往溪河看水。此间月馀未雨，水已涸，遂至瀑布之下见其真景。余前作《匹练泉》诗未详考也。下潭宽约三丈馀，深不可测；上瀑以目见度之长二丈馀，下接之大石面"匹练"直下，长四丈馀，共约六丈馀。左石一小瀑，窄仅三四寸，长二丈馀，水珠飞溅如雾露。不至其下，不能得此真景也。凡事揣测者多不切。徘徊一时馀，带定生回寓。

今日游兴甚好。晚五时长青归，携来孟广漳函，并附四川地图。周淬成函，云已到武昌住宅二次。此函已阅二月方到巴东。彭受虚转到张啸青函并巴东县府各表，略一浏览。看《近思录》《安乐铭》二小时。十二时方寝，多梦。

十五日　晴　月光甚好　十二月廿五日　星期一

九时半起，饭后已十一时矣。清理各事毕，带同迟生往张家口龙惠东处，询其做公卖盐分销事，约其明日午后来家吃饭。三时半与迟生同回。晚饭后看杂书。晚八时半闻虎吼，似在对山上，先后共六次，最后似行远矣。前日陈家佃户云小峰河上连夕有虎声，此其证也。古人句云"猛虎一声山月高"，或亦此景欤？十一时寝，梦多且杂，不遑记之。

十六日　晴　晚月光昏黄　十二月廿六日

九时起，十时早饭，十一时清理室中，检顺各物。十一时半龙惠东来,与谈一时许,玉清、三民、惠安、迟生方来。谈约一时半开饭,午后二时半毕。与出门同看瀑布,仍至其下观之。据玉清说,暑可渡水径至下层之石穴内纳凉,中系空旷,约可坐十馀人云云。驻留半时,与惠东再至秀升家,坐谈一时许乃归。惠东亦别去。晚十一时寝。

十七日　晴　月色佳　十二月廿七日　星期三

九时起,嘱内子洗衣服,备出门有更换者。饭后无所事,昨已足软,今日不思外出也。连日均饮酒。晚补作二诗,张贡之嘱写山水小幅,须题诗,与阎任之、施方白同一要求,余既其画矣,往三游洞时必交之。晚十一时寝后多梦。

十八日　晴　十二月廿八日　星期四

九时起。饭后为张贡之作画,起写《秋山》矣。午后写复万子云、刘县长调宜都致贺函，馀复子谷、阳春、广漳、胡升诸位。十一时寝，寝后梦回鄂城，似四眼井旧宅，已翻造矣。门户众多，一排五六栋，深三四进。见亡儿根生仍集书册而读之。又似此宅在湘垣者。

十九日　晴　十二月廿九日　星期五

十时半起，身疲足软。饭后为张贡之作山水已成，明日可写款，此次出门必带往三游洞交之。袁世高明日往淯溪，便托带布匹廿元，又另购做鞋青布一元，并以二函付之。晚十一时寝。今日午后三时闻炸声甚厉，不知何处。又闻宜市昨又遭炸。

二十日　晴　夜有月色　十二月卅日

八时半起，闻袁世高已行矣。饭后闻有人自宜昌归，云宜市南区街已炸数处。午后阅杂书。三时偶外出，又闻炸声一次。前日炸宜昌，今日又炸何处耶？晚十一时寝。

廿一日　晴　转钟以后有月色　十二月卅一日

九时起。连日以来晴暖如春，可异也。午后又有人云当阳已被炸，淯溪河已炸毁不少屋宇。前阅子谷来函，鄂中战事近日我军大胜利，俘敌人无数。敌无办法，遂到处轰炸欤？今日为新历除夕，又过一年，失地尚未收复，奈何奈何。十一时半寝，多梦。

廿二日　晴燥　民国二十九年一月一日　星期一

十时起，疲倦甚。饭后胡升自白木坪来此，据云昨宿白木坪，前日自宜市到小溪塔，述宜昌前日敌机轰炸情形甚详。新历元旦多禁牌坊庆祝，各处大埠如此，要亦惹敌机注意之事也。写复秦培鑫、子谷、广漳、沈季殴、伯阳函，至十一时半寝。

民国二十八年（1939年）　十一月

廿三日　晴　一月二日　星期二

七时半起，嘱内子洗被卧。饭后晒各衣帽等等。写复宋济贤、叶文鹏、孟祥焕、邓区长、周治斌、并嘱其向胡太辅取款十元应用。梅先霖、万子云、王久旃、潘受盦、施方白、阎任之、张贡之并交渠所求之画件。汪复东、熊冼铭、蔡心寿等函，交胡升明日到小溪塔发出。其阳春、子谷等函，嘱其面交者也。晚九时又交洋一元与袁宗汉，就小溪塔带物件。十一时寝后梦甚杂，梦见先父母仍似在鄂城，又梦陈子谷代为租屋事，又陈传询女士可怜状、朱次诚之妻窘苦不堪状，又子谷示以清壬寅科全墨原卷数十本。

廿四日　晴　一月三日　星期三

九时半起，检查日记。自今日止，此月天晴廿四日矣。其间只有阴天二日，连上月计之，自十五以后晴起，则至今已卅九日。以后尚不知何日为止，奇哉。午后无事，将墨盒子重调，磨墨加入。晚十时寝。转钟三时五十分忽因塞鼻伤风不能睡，遂起坐半时许再寝，多梦。

廿五日　晴燥　一月四日　星期四

九时半起，饭后阅《扫荡报》。午后写信与龙惠东，因其明日赴宜市也。晚又看报及杂书，至转钟一时半乃寝。四时半仍醒，又类伤风，起坐半小时再睡。

廿六日　晴燥　一月五日　星期五

九时起，陈健安同玉卿来奉看，留与谈，嘱家人办饭，十二时半乃食。健安今年中风，大病数月，今乃痊可，已瘦削，较之去冬与余晤时大异矣，精神亦觉大减。述在闾宋海船遇海盗事，甚可怕。彼以不行时人而偏遇之，真凑巧矣。午后一时半别去。晚清理各事，看《游峨指南》，至十一时寝。

民国二十八年（1939年）　十一月

廿七日　晴燥　一月六日　星期六

九时半起。饭后晒洗各衣被等等，准备明日到宜市，再往当阳、远安。清理各物件，留付米盐诸款，存交三民了手续。十时寝。

廿八日　晴　一月七日　星期日

七时半起。上午清理各事毕。下午嘱袁世高雇舆伕、挑子等事毕。明日起程到宜昌市。晚十时寝。

廿九日　晴　一月八日　星期一

八时起，昨定赴宜昌市，家人以今日为末日，未果，决定明日出门。下午仍整理各事，嘱舆伕等明晨早来。因天气短，预定明日宿小溪塔陈宅较为妥适也。十时寝。

腊月

初一日 晴 一月九日 星期二

七时起,八时动身。今日出门,仍循惠安宅门经过。迟生未起,嘱惠安告以各事。午后二时即到小溪塔,遂驻陈宅,并访陈宗榜、季明等,便参观中心小学。陈益三先生请予便饭,陪者七人。晚十时寝。佚子等明晨回小峰。

初二日 晴 一月十日 星期三

七时起,至区公所打电话,请县政府路秘书代雇河西轿夫、挑子到当阳。饭后雇车二辆,带同成家到市区。四时抵金台旅社,约阳春来一话,并访王文端、龙惠东等谈各事。遇萧液垓,便问远安各状况。十时整理各事。李端阳来办各事，嘱其明日早起来送予。十时半寝。

初三日　晴　一月十一日　星期四

六时起。早点后清理行装。县政府派来舆伕二名，轿子甚好，且宽适，又挑伕一名，均健壮。七时半旭日东升，予惧警报，趣伕子等速行。胡升、成家一行七人出发。行十里，至杨叉路候伕子等。早饭毕，仍急行卅五里，过土门垭，宜昌第二区署在焉。区长王勉，云梦人，颇精干。区内外均整洁，与谈片刻即出。至正街午餐。今日值土门垭赶场，男女老幼购物者多。饭毕行廿里，至龙泉铺联保处。值其主任出，由金书记招待。金，黄冈人，星甫之叔也，略询黄冈情形。予嘱胡升自备菜饭等等，因办公处请予饭已拒之矣。借金书记家中一房为予宿舍，颇宽敞。嘱其借一火盆，尚不觉冷也。饭后由金书记道予至龙泉铺小学参观。其校长李君，前在汉口商会充文牍者，与谈半时出。坚留在铺驻一日，但欲急往当阳，未之许也。回金宅后遂寝。

初四日　晴　一月十二日　星期五

七时起，金坚请早餐，菜甚佳，自办者也。陪客有税局主任，便询征收情形。饭后乘舆行三十里，过双莲寺。值赶场，街上人拥挤不堪。此镇较龙泉铺生意尤发达，就此打尖。问当阳县情形，有征收分柜一所，姜姓书记，鄂城人，一一告予。此镇属当阳，龙泉铺属宜昌也。联保主任不在处，予寻一书记，请其派一队士引路。迂道至玉泉寺一宿，谒关圣帝君也。玉泉寺为关显圣之地，童年读《三国演义》，弱冠在省垣住学堂时，时与当阳同学张耀南、童雪舫二君谈及之，今日必须到寺小住也。行廿里，到寺门已黄昏矣。钟声入耳，山光暮霭入眼，心胸爽矣。由方丈及圆成和尚陪予茶点后具素餐。正值该寺与某家做功德，烛盈庭，乐盈耳。寝室升火，暖如春宵。和尚享此境界，勿乃过分耶？十时寝，十二时半起一次，庭阶烛朗未熄。

民国二十八年（1939年）　腊月

初五日　晴阴不定　一月十三日　星期六

六时起，寺中已具早餐，不便拒之。饭后由圆成道予游前后寺。建筑甚佳，真有悠久历史。询关圣像，并参观端一和尚来此讲经，行跑香礼节后，乘舆行卅里。午后二时到当阳县府临时办事处。县长刘敏为大冶人。科长姜文山，同乡也，遂借居其室。四时进当阳城，晤蔡价人，谈甚久。九时归。

初六日　雨　寒甚　一月十四日　星期日

七时起，天小雨。余决计往观音阁税务局一查情形。饭后约周文山前往，行三里许始达。晤局长黄汉，皖人，前充七区督征员者，颇精干，述其处事能力，便晤其税务主任雷□□。又遇罗道学，号子逊，松滋人。即前清与余同学罗植臣之弟也。述其家尚藏有余幼年所作字画及函件，遂便请寄函松滋，嘱植臣之子检出相示。不知果能寄来否？出局后并约罗同谒关帝陵庙。中途遇雨，止一农家小憩一刻钟，乃行到陵庙后，见古木参天，具庄严气象。先谒帝墓，行三鞠躬礼，以余系着学生装也。再谒帝像，亦行鞠躬。寻石碑，明代有崇祯三年、十三年二刻石，馀则清康熙、嘉庆、同治等碑，有被风雨剥蚀不能辨者二碑。二重殿已塌毁，尚未修理。左为春秋阁，中亭置一石碑，风雨剥蚀难辨识，约耽延一时许。前殿置有一刀，曰青龙偃月刀，此则傅会者也。出寺左行半里有昭烈皇后祠，略浏览即出。下午二时入城，到区署晤区长，便询各事出。三时回季家窑。今日刘县长请便饭，同席者则委会、动委会及国民兵团副团长及各科秘。六时席散，周科长京黄冈人。作诗相赠，嫌其过誉也。晚十时寝。

初七日　阴寒　一月十五日　星期一

七时起，九时到城。闻周科长约予酒叙，未便拒之。盖以乡后学及治下礼请客也。文山同去。当阳为敌机轰炸数次，现正拆毁城垣，灰石狼藉，颇难行路。北门外生意尚繁盛，席散后至各街游览。下午二时回季家窑。五时刘县长再约便饭。晚六时与文山闲谈，连日承其招待，其子亦尽后学礼，尚不失为诗礼家风也。请县府代办舆伕、挑子等事，备明晨到远安。十一时寝。

初八日　晴阴不定　下午小雨　一月十六日　星期二

六时起。七时早餐，菜甚丰，文山所办者也。到当阳每餐必食鱼，宜昌北鲫鱼难得，即得亦非大鱼，则此次出差有口福矣。八时轿伕已齐。刘县长，周、黄诸科长来送行，县长派队士胡竹煊引路。行十五里，至黄鹄滩候伕子等吃饭，予便至街市上购点心数事。自是经公母山、焦家堤、小高镇也。再经岩河至马家店，抵百宝砦打尖。此镇有远安征收分柜，便问各事，知远安县政尚好。自是走新路，经李家套、界山、夏家店等处。远安所派萧队长候予未至，闻已入城矣。予遂到向家畈，县政府萧县长往渝受训，予遂暂驻其室，由秘书沈君招待，次第与科长、科员相见。旧仆王安雪招呼听用。予遂嘱胡升与成家同住楼上，盖予不欲渠等照料也。十时寝。

初九日　小雨　寒甚　一月十七日　星期三

八时起。九时往访傅霭如、陈临川诸人。十一时早饭毕，进远安县城，至县政府党部、中学校参观。县府旧式未改，颇存古朴状。学校系书院改建，学生已放假，内驻保安团营部，王连长招待。王，五峰渔洋关人，予便询张福荪家况，知已式微矣。三时回向家畈。五时沈秘书代表县长请客。陪客均署中人，仅傅霭如为外客。席散后，何科员来室中谈堪舆事，颇详细，惜予不愿意闻堪舆之学也。十时寝。

初十日　阴寒　一月十八日　星期四

八时起。早点后到财委会访陈临川等，到审判处访柴小泉，蕲春人。到民众教育馆，均谈片刻出。午饭后写信分致孟广潿、彭受虚、鄂城洪英，嘱李仆发出。傍晚傅霭如请吃饭，仅予一人，已先嘱其不请外客也。九时归，看杂书。沈秘书来谈甚久去。十一时寝。

十一日　雨　寒　晚大风　一月十九日　星期五

七时起。八时沈秘书来谈。午后一时致黄秘书长一函。午饭后又写各处函。今日雨中无事，又不能至各处视察也。傅霭如来谈。晚饭后出门，欲看何科长，以大风折回。晚间清理表册，俾作报告。十一时寝，寝后风大，虑有雪。

十二日　大雪　寒　一月二十日　星期六

八时起，知夜来大雪。九时室中王仆已备火盆。饭后写致严代主席详函，将当、远两县重要情形及民间应予休息、改良、增进福利，保甲长凶恶，办兵役不公情形，均详述之。并致李贯群、汪万里、刘敏如、姜文山等函，或告必须改良诸事。下午四时均发出。午后进城访鲁联保主任，鄂城人。嘱其打听旧仆罗国贞下落。归后饭毕，霭如、文范、何会计均来谈。风雪交加，围炉闲话，亦趣事也。十二时方寝。

十三日　阴　寒甚　今日大寒节　一月廿一日　星期日

八时起。九时写信，分致朱厅长、向胖佛、沈碧舫、朱阳春。午饭后何会计、沈文范、傅霭如先后来谈。傍晚有人去洋坪，遂托沈代予买黑木耳卅斤，并云有便须至该区一看情形。十一时寝。

十四日　晴　一月廿二日　星期一

七时起。早点后写信与范子琦、喻育之，并作家信与迟生。午饭后带同李仆、胡升等进城，西城入谒关帝。庙内悬光绪十一年金匾一方，长约九尺，高一尺六七寸，金光四射，可见当时物美而价低也。下款系游击吴亮才所建立。又道光十一年金匾，亦系武官高连升所献。可见此邑当时亦系重镇。出南到区署略坐谈，区长尹梓锡未在署，五时归。饭后未作事,屡与沈、何诸人一谈。十时寝。

十五日　晴　月色佳　一月廿三日　星期二

八时起。九时饭毕。九时半带同胡升、王安雪、沈秘书、李科长,陪予至鸣凤山一游。途径典狱署,茶毕。此署为华真洞,内有道光廿二年碑,孙绍棠所立。行山路约四里,道旁有道光八年一碑。自此上山,行石坡二百馀级,到关圣殿小憩。再上四百馀石坡,到文昌殿。路旁有"鸾凤常鸣"一碑,邑人某某所立,盖即纪鸣凤山者也。每上坡级,嘱王仆于地上记其数。又上五百馀级,乃抵正殿。房屋甚多,僧人闲食。不知当时何以有此不易之建筑也。再上则有长铁练二条下垂,手握练上廿馀级,乃到最高正殿矣,列有铜鼎。庙祝招呼,略与问各事,仍下到正殿各处一游。在客堂略进茶点。四时循原路下山,行甚速。晤典狱官□□□,亦黄麻人。到县府晚饭后,闻洋坪来电话,说兴山发生匪警。予用电话问雾渡河区署,未打通。九时傅、何、蔡及科秘多人来室中话,因予明日回宜昌也。十一时寝。

十六日　晴　一月廿四日　星期三

五时半起。六时饭毕，嘱胡升、李仆清理各事，轿子已来，七时乃离向家畈，别远安县政府矣。沈秘书、彭科、柴司法官、何会计、周庶务均送予行甚远，已二里馀，再三请其退，便坐轿行也。王仆送四里方回。行十五里，到旧县，候舆伕等吃饭，便至街上一游。此即远安旧城也。至联保处，问该镇情形毕。舆行甚速，至徐家棚午饭，沿途风土与宜昌无异。下午四时抵洋坪，住一小店中休息片刻，即到市查问各情况。六时晚饭。田区长来谈片刻去。九时予至区署一次。月色当空，宵寒风紧。今晨至此，已行四十五里。十时半寝。

十七日　晴　早霜　一月廿五日　星期四

六时半起。七时田区长坚请过去早餐。十时起行，正午经罗汉峪，路极不好走，沿途尚有积雪未消也。下午一时抵回马岭，即关夫子回马之地。相传兵败时，吴将潘璋设伏以伺，公遂被执。几家店中，生意萧条。路角立有一高柱式石碑，略叙当时关公兵败情形，下款即杭州书凤，宣统间长远安县者也。书凤，厢旗人，入民国改名费书凤，盖一姓矣。其子费成镕，民十在武昌三一学校读书，予曾教其理化。成镕现在汉口邮局充邮员，能唱京调，时时在汉登台奉技。盖满人多喜唱也。轿伕不愿多行路，天气又短，彼等欲宿香油坪、土地垭等小店，予未之许。至荷花店已天黑不辨矣，住一稍大店中，嘱其备火盆、铺草等件，均能办出。饭后约一联保主任来谈话，告以地方应兴应革之事去。十时寝。

十八日　阴寒　一月廿六日　星期五

五时起。六时早饭毕即动身。街市冷落未开门，不足观也。预计今日可到家，沿途少休息。八时到界岭，宜、远分界处。此地有新屋数栋，闻系以屠宰起家者，宜昌籍也。风景甚好，亦可无空袭之虑。经谭家坡，十时过棠梨树垭，亦小集场。正午过南漳垭，集场较大，布匹甚多。

在该集吃饭，至保办公处问各事。下午促舆佚急行。四时半已抵小峰寓中矣。细问家中各事，将所买白菜等物分送陈秀升及袁世高等等。饭后疲甚，九时即寝。

十九日　阴寒　一月廿七日　星期六

九时起，疲倦甚。早饭后嘱李仆送各物往迟生母子，并约惠安等来寓与说各事。下午过河至秀深家中一谈。清理寓中各事。胡升明晨欲回宜昌市，予亦不便留之。写信与陈益三，嘱胡升明日带去。晚十时寝。

二十日　阴　一月廿八日　星期日

六时起，倦甚。饭后写致姜文山、沈云范、傅霭如等函，志谢也。晚间办理报告。十一时寝。

民国二十八年（1939年）　腊月

廿一日　阴寒　一月廿九日　星期一

八时起。十时闻有人至小溪塔，便购年内应用各物。晚间写信四件，备明日付便发出。十时寝，多梦。

廿二日　一月卅日　星期二

九时起，倦甚。午后未作事，偶带定生往河畔一游。晚十一时寝。

廿三日　一月卅一日　星期三

九时起。十时饭毕。午后写信三件，分致鄂城城内、胡林湾间、宜昌陈子谷等处。晚间写长函与严主席。十一时方寝。

廿四日　阴　二月一日　星期四

八时起。午后清理案上诸件。午后嘱内子办些应用菜蔬。晚因小除夕,亦具酒肴,以资点缀。然回念家乡,不胜感慨。十时寝。

廿五日　晴　二月二日　星期五

九时起,倦。午后陈宅送礼物来,便答以各物。宜市带来报纸,阅之,战事亦无进展,闷闷而已。晚阅县志及杂书。十一时寝。

廿六日　阴　二月三日　星期六

八时起。早饭后写信四件。嘱家人购鱼肉等事,室中略事清理。晚间阅书、写诗稿,至十一时寝。

民国二十八年（1939年）　腊月

廿七日　阴　二月四日

八时起。饭后外出一次。午后二时小溪塔转来信件等等。报纸所载，战事无进展。晚间饮酒一杯。十一时寝。

廿八日　今日立春　二月五日　星期一

九时起，忆从前在家，廿八日须备年饭，家人团聚，遵祖宗旧例也。今流亡在外，念往事，不胜感然。午后阅《宜昌县志》及《唐诗合解》。十时寝。

廿九日　二月六日　星期二

八时起。饭后到迟生寓中，与万氏说各事，便与秀升、玉清谈片刻。午后回寓。今日上坡下坡均费气力。晚间写字二张，百无聊奈矣。抗战何时胜利，俾吾辈早回家园耶。袁宅攘攘办年菜,余则增感慨而已。嘱家人于明日略备数肴祀祖。十时倦甚,遂寝,多梦且杂。

卅日 二月七日 星期三

九时起。午前扫除室内,布置一切。午后一时嘱承佳买零星各物及糖食、烟酒等物。四时家人已办好各肴祀祖,默祝先人俾吾辈早回武汉耳。便约袁世高父子、叔侄来吃饭。晚间无聊,偶与定生玩,弄给炮竹与之。九时饮酒。十二时仍倦不支,不能守岁,仅嘱内子后睡而已。余寝后时醒,时多梦。因袁宅人众,鞭炮声时作,不能安睡也。枕上念及家乡,尤悒悒不安。

民国二十九年
（1940 年）

云淡风轻近午天,傍花随柳过前川。时人不识予心乐,将谓偷闲学少年。

试书程夫子诗一首。

倦①钩帘幕昼沉沉,难向庸医话病深。不信②诗人容易瘦③,一春花鸟总关心。

黄梨洲书壁诗。

壮士④饥餐胡虏肉,笑谈渴饮匈奴血。

岳武穆词。

  民国二十九年庚辰夏历正月朔日午后二时半
    峙三试目力作此小字

作大善是除暴安良,作小善是施钱发米。倭寇残暴如此,吾辈杀之以报仇,大善也。

民国二十九年庚辰夏历正月朔
    午前十时廿五分峙

---

① 倦,通行本作"不"。
② 不信,通行本作"不识"。
③ 瘦,通行本作"病"。
④ 壮士,通行本作"壮志"。

民国二十八年（1939年）　腊月

发笔时书数语

祝身体康适，诸事如意。

祝国军早日收复失地，驱逐倭奴，斩除外种，还我汉族干净文化之邦。

祝时和岁丰，万众无病，以后上下努力于生产建设，以苏地方久困。

峙三朱继昌书

光武中兴。郭令公再造唐室。明陈友谅、张士诚、朱太祖群起而逐胡元，乃复汉族者二百馀年。至明季政乱民变，致满清起而乘机入主中夏近三百年，可慨也已。

廿九年夏正月朔日午前十时半

明太祖驱胡元不能彻底，致有清代入主中夏之事，甚哉除恶莫如尽也！

倭奴不灭，是无天理！

汉光武中兴，唐高祖平隋乱，郭子仪再造唐室，明太祖逐胡元，皆吾民可景仰者也。

庚辰夏正朔日午饭前十时四十分

正月

初一日　晴　辛已　金斗平　二月八日　星期四

上午四时醒，枕上闻袁宅出方进香，鞭炮声时作，余朦胧中仍睡熟也。八时清醒起坐，八时半整衣起，扫除室中，整理被褥毕。九时半吃饭。十时迟生与陈玉清之子及袁世高来拜年。十二时余与迟生同往陈秀升家，与玉清、三民等略谈即归。今日天气晴爽，阳光终日，以去腊天气剧变论，不料今日之能晴霁也。天下事不可逆料推测者如此。晚饭饮酒二杯。世高明晨往雾渡河，便托其带函与王宇清，送糖果二包。因去冬到兴山时，曾宿其家扰其一食也。带信与邓云勘区长，又托邮寄冯艺林、范子琦二函，因无人至小溪塔，便就分乡邮局发出。昨宵睡后有梦，初醒时尚约略记之，午后已忘却矣。近四年来元旦有梦亦不验，不似前十年元旦除夕之梦关本身一年中休咎也。十时写信已毕，交世高带去。十时半疮痒异常，洗抹后遂寝。

初二日　晴　壬午　木牛定　二月九日　星期五

八时半起。饭后清理案上书籍文件等。午饭饮酒二杯，连日患目疾，不敢多饮。晚八时睡，以疮痒又热，盖俱系皮毛品，热不可耐，遂起，九时半方睡，十时半乃熟。梦汪曹操，操为汪星垣之绰号，在鄂城颇著称者。予为中证人，姜寿安与予同乘车往，天雨，俱带有伞。到时置汪宅，其子翰章出为延客，入其内室则石镜清、郑宝帆、邵和清俱在座，馀均相识之老年人。夏乃卿、庆林俱发言，立约时遂醒。转钟三时又梦朱次诚仍穷困，予入其室以二元赠之。次诚长子亦为延客，便阅其留声机，颇精美。醒时鸡鸣二次矣。枕上思之，今夕所梦仅寿安、翰章、星垣予知其存在，宝帆、和清尚不知其存否。老于庆林、壮少如次诚及其长子俱属古人矣。

初三日　阴　小雨　木女执　二月十日　星期六

十一时起，天阴有小雨。记去年今日晨宜市遭敌机大轰炸，抗战又已经年，而国军尚未进展，东望武汉，不胜感慨也。连日静息及晚卧时每思孟夫人生平诸事，相敬如宾，待予极尽妇道，遇事有识见，何天夺之速，不能助予至老境也，思之黯然。午后四时以疮痒闭门洗之，忽刘培森同其弟培林来此拜年，并为王继荣代送礼物数事，因留饭并招待其歇处。寓中无人，诸事皆予与梦闲料理，颇以为烦。与谈一小时，嘱其先寝。予写艺林、益三、子谷、小溪塔代办所□达周等函托各事。另复李佛波、周方立、沈汉章三函，贴邮票嘱培森带往宜市代发。写至十一时半方寝，目疾大作，拟再写数函不能也。寝后梦梁节庵师来看予写字，并问近作。乃用木小签蘸墨写于小茶杯上，系七绝一首，付梁师持出。予送之出门，街中雨湿尚未干也。

民国二十九年（1940年）　正月

初四日　阴　早小雨　甲申　水虚破　二月十一日　星期日

六时梦闲起，升火弄饭，与培森兄弟食毕别去，天已大明矣。予以目痛未起送，十时半乃起，洗面后具香烛祀先祖母。初四子时为先祖母忌日，例于初三夕具酒肴以祀。昨以培森等在此，屋小未举行也。午后四时陈寄轩来谈一时许方去。晚九时半寝，寝后展转不寐，疮痒身发热，又起坐二时，仍难安枕，转钟一时方睡熟，梦刘文卿校长聘予与萃三为教授。

初五日　阴　小雨　二月十二日　星期一

十一时起，扫除室内及厨房，整理桌上及床铺等等，费二小时乃毕。十二时半午餐后写各处信件，计以目疾不能多书。晚又以疮痒难过，遂中止写字。十一时寝，寝后两腿发热，展转不寐，转钟后多梦。

初六日　阴　晚雨　丙戌　土室成　二月十三日　星期二

十二时起。饭后清理各事，再写信件数通，备有便人送宜昌发出。午后四时半龙汇东来谈各事，留饭，彼以天晚，遂约往陈秀升家又谈二时许。十时予归寓再食饭。十一时半寝。今日晏起，又疲倦，足不良于行，上下坡极吃力，足已软矣。寝后又以疮疾发热，颇难过，睡时多梦。

初七日　阴　午后晴　二月十四日　星期三

十一时起。饭后清理各事，粘贴临时地图，写信数件，准备有人往宜发出。午后三时长青自分乡来。晚清理各事。十时寝，疮疾、目疾均未愈，展转难寐。

初八日 阴晴不定 戊子 火奎开 二月十五日 星期四

十时起。饭后仍写信数件。午后清理各事,惠安送来大坪头便人带回各信并报数份,希德、先霖、贡九、任之、子谷、广漳俱有函。晚阅报至十时半寝,多梦。

初九日 晴 二月十六日

十时起。饭后仍写信,午后二时陈三民同李成家来,留饭,与谈一时许去。晚阅报,写信计共廿五函,封就付成家,明晨赴宜市发之。计从荧、少松、太辅、青山、蔼如等共一函,熊学培、彭慎旃、艺林、显谟、玉田、先林、祐亭、谭则、益三、惠东、贡九、任之共一函,凤章、世清、阳春、子谷、南畴、希德、子云、稚松等。此为予在此间发信最多之一日也。十一时倦极乃寝,梦甚杂,盖脑筋未息也。

初十日　阴晴不定　二月十七日　星期六

六时醒，呼成家起，促之饭毕去。午后晒各物件、衣服等等。连日疮仍未愈，予又极思出门，陈、冯、刘三处均许至其家，未往也。又三游洞亦待予去。朱阳春之款至今未清楚。此人得志即弃其妻、扯账等事，设再大得意，吾不知其何以自处。赚钱太易，骄奢淫佚随之，可不惧哉。晚十一时寝，梦杂，不伦不类之事甚多，可叹也。

十一日　阴　风　辛卯　木昴除　二月十八日　星期日

九时半起。十时饭毕。十一时半带同迟生、定生、袁长青往张家口一游，午后二时归。今日天阴，行路尚不吃苦，流汗时少。归后洗身吃饭毕，略休息。晚成家回，带来报纸，阅后我军似有进展。惟朱阳春来函云款已交子谷代收，语多含糊。予前年错眼观人，自取怄气而已。晚展被薄，始热终寒，枕不安枕，疮痒未能止，至天欲曙时方睡熟，梦多可笑。

十二日　阴　雨　午正雨大风大　寒甚　二月十九日　星期一

九时半起。十一饭毕，写条子命成家到大坪头寻未带到之信件，买板炭一担。午后写阳春、益三之函均甚长，馀为宋济贤、吕受图、阎任之、蔡廷英、陈子谷共七件，拟付长青送宜市。因今晚成家尚未回，不能明晨赴宜市发出。连日疮疾、目疾未大愈，焦灼甚。十一时寝。

十三日　阴　大风　寒甚　二月二十日　星期二

十时半起。十一时成家引陈天炎来述带信件事，大约此事非彼所知也。晚写复施方白、朱茂林、吕受图、玉泉寺、陈子谷、孟广漳、朱阳春、龙惠东、阎任之、蔡廷英、王安雪、李世清、陈益三、陈文伯兄弟、宋济贤、孟祥焕等十七封，交长青明日往宜市发出。十一时寝。

十四日　晴　晚月色佳　二月廿一日　星期三

五时醒，六时长青到宜市，九时起晒各衣服等，准备出门赴宜市也。闻此地附近各处如小峰河、鱼泉潭、卢家垭等晚间玩灯赌博，吾不知若辈何以如此快活。中国人民爱国思想太薄，可慨也哉。十一时寝。

十五日　晴　月色大佳　二月廿二日　星期四

八时起。饭后带同定生至惠安寓略坐即归。晚长青归，带回潘家祐函，云财部已呈准撤消湘鄂浙闽等七省捐税监理委员会。本会设立整整四年，成效甚少，因政府不办贪污。予四年以前即知此为敷衍民众，谓国家整饬贪污、费①除苛杂者，伪也。又袁子青、彭受虚函内附生活

---

①　费，疑应为"废"。

费单据寄来盖印者共廿三纸。晚清理出差时账务,写稿至十一时寝。

十六日　晴　月色佳　二月廿三日　星期五

九时起。饭后补造出差账,写复郑宇平、刘伯阳函。办账至晚十一时寝。

十七日　晴燥　月色佳　二月廿四日

八时起,清理各事。饭后欲补写账,以时间来不及,遂复彭受虚、陈庆复函。午后二时有敌机五架西来,掠前山高空过,大约袭渝也。敌机近两月馀未过此间,此则今年第一次也。傍晚雇得伕子,明晨往小溪塔转三游洞。清理零件,头为之痛,九时半寝。

十八日　晴　二月廿五日　星期日

五时醒，六时起，两勤务俱吃饭。候舆夫不至，继知彼等别有用意。迟至八时半乃行，到小溪塔已下午五时，不能往冯宅、刘宅，乃就陈益三家宿。承其夫妇特别招待，殊觉不安。因予转信件、带物屡承关注，今晚无法前进，乃宿于此。与益三谈甚久，予以目疾早寝。

十九日　晴　二月廿六日

六时起。饭后至三区区署访李区长培慈谈半时许，由区署雇伕三人往马南坡冯艺林谈一时许。饭后舆过前坪访徐总队长未遇，与闵军需谈片刻出，嘱舆伕、挑伕回去。予带长青至三游洞晤及任之、贡九、和甫诸人去。予视察委令已早发下，便谈各事并看住宿地，约以明日午后搬行李来山。午后四时半乘船回宜市，抵岸后访汇东未遇，与李世清问各事，乃知阳春已另接某姓女为室，抛其乡间妻子不顾。骄奢淫佚乃至于此,可恨也。晚十时宿中华旅馆。

二十日　晨至十一时大雨如注　午后阴寒　二月廿七　星期二

六时半起。七时带长青雇车至小溪塔,途中遇大雨,十一时抵益三家,又承其招待一切。饭后雨未止。午后五时刘凤章来约过其家,前已许数次未至者,此次不能不践约也。彼请刘子□、杜伯诚作陪,执礼甚恭。余目疾以风寒重更甚,夜间竟不能睁,九时半遂寝。

廿一日　阴寒　早微雪　小雨　二月廿八日　星期三

七时半起。八时半早饭,凤章已请假回家为予招待酒食,可感也。午后一时具酒肴十馀品,甚丰,添益三、陈宗榜为陪客,四时乃散席。天气变寒,晚七时补写算出差报告,目痛至不能阅文字,十时乃寝。

廿二日　大风寒甚　早微雪　二月廿九日　星期四

八时半起。九时饭毕，闻板桥被水冲坏二段，不能过。凤章遂雇人荡船渡，予立沙坝上久候，北风砭人，寒沁入骨矣。见高山有积雪，气候剧变矣。划子到岸，仍住益三家中，彼夫妇愈招待，予愈感不安。饭后至区署晤张区员，托其代雇舆伕，准备明晨到艺林家一谈。晚宿益三家，今日感寒，腹痛涨，如厕三次，与益三谈甚久，目疾又未愈。十时寝，寒甚，陈宅四壁透风，睡不安，寒气袭人。予身体近年衰弱，似感难受也。

廿三日　大雪　寒甚　三月一日　星期五

七时起，天下雪，予视之心焦灼甚。八时半舆伕、挑子俱来，益三又坚留饭，八时半起行。途中雪愈大，泥深路滑极难行，长青帮忙扶舆，亦极苦。三里馀行一时许乃至冯宅，与艺林谈各事，腹痛又如厕，目疾亦未愈，感此风寒身体发冷数次。舆伕等在冯宅食毕遂行，过后坪时寒风逼人，过前坪雪愈大，到安济桥风雪夹杂而至，抵洞后另给二元与伕子，念其苦也。设非区署雇用之壮丁额派者，又实难与之说工价也，天下不可以便宜行之者皆如此。路过南荆关时，知阎任之不来，遂宿电务室。今日李成家亦自乡寓送衣服来，遂与长青同宿于此，写信令其明日回乡。

廿四日　大雪　晚雪更大　三月二日　星期六

七时起，腹仍未愈，目仍朦𥉠①生眼粪，极难过，写信数件付成家回乡并嘱其往宜市取药品。午后三时王安雪来述各事，并取前年冬存洋十七元一角以去。晚间打电话来云萧液垓已回宜市，谓明晨须来洞中，便告知贡九已下山，嘱转告液垓就近谈话，明日勿来。晚风更烈，大雪频作，予目疾更剧。九时寝后垫被薄，寒不可耐，伤风鼻塞，遂起分散各衣服垫于被下，增厚御，遂稍安，但睡熟

---

① 𥉠，应为"瞖"。

不过一二小时而已，此时真苦境也。天欲曙时未能安寝。长青未带被来，予仅以军毯与之，又无他处可借宿者。此人与其家长不通人情世故，亦应小受苦也。

廿五日　阴　寒　三月三日　星期日

八时起，用水洗目，觉减轻稍愈矣。十一时半刘凤章来乞荐函，为其弟考邮差，留饭，写函毕付之去。饭后补写连日未作日记，约三小时乃竣。午饭后未作事，包贡九归，便闻各事，张贡之来谈半时去。晚九时寝，展转不寐。

廿六日　阴　寒　三月四日　星期一

七时半起。八时半萧液垓来谈甚久，竹山王志宣亦同来，以向不熟未多语也。今日仍寒，晚与胡南坡科长谈二小时，寝后仍时时与隔床相答，直至十二时犹为①睡熟，

---

① 为，应为"未"。

实未安枕。

廿七日　晴燥　三月五日　星期二

八时起，写报消册，极麻烦。饭后龙汇东来访，旋闵粥甫、徐某、萧液垓俱来，分谈约二小时方罢。午后三时送汇东下山搭轮，四时半包、阎、帅、麻诸君请液垓酒叙，约予与南坡作陪客。五时半罢席，得立公不日回洞电话。晚九时寝，仍难安枕，转钟后与南坡隔床谈甚久。

廿八日　晴　今日惊蛰　三月六日　星期三

八时起，闻液垓已下山，有许多语未与谈也。饭后补写报消册。今晨接子谷知巴东已寄二月份生活费来，但第三次出差费彼竟未提及。晚拟至宜市，竟不果行。八时与熊惠泉、包贡九谈诗联并闽事甚久。十一时寝。

廿九日　晴　三月七日　星期四

七时起。八时命长青至小溪塔取信件,送信至冯先生家中。十时予与胡南坡搬至洞外草屋中。晚五时乘船至宜市晤液垓,送巴东函请子谷代发,在其家消夜。十时至汇东寓宅楼上宿。

三十日　晴　早八时小雨一阵　三月八日　星期五

五时起。五时半至河干上小轮,六时半开行,七时半到三游洞。饭后得信知主席已回宜昌办事处。今日甚燥,写信数件。午后四时半周治斌自宜昌来,问以各事,我县作汉奸皆予当时所逆料之人也。孟子曰:"无羞恶之心,非人也。"彼等无羞恶心,安能有爱国心哉?命长青、志文送治斌下山吃饭寄宿,当用电话约液垓谈便荐治斌事,嘱其命王安雪明晨来山面告一切。晚清理各事,至十一时寝。

二月

初一　晴　三月九日　星期六

八时起。九时约周治斌来问各事。王安雪来,嘱其带周去见萧液垓。十一时有警报,云敌机九架过沙洋矣。午饭后写季安、文端、汉清、方立、邓实等函,备明日发出。十时检点各事毕,十一时寝。

初二日　晨晴　旋阴　三月十日　星期日

六时即起,旭日东升,窗纸透明,目炫不能再睡也。贡九、任之、贡之先后来谈,着长青至陈季明取脚踏车存益三家,候小峰着人来取。晚间长青回山取来孙寿山一函,述武昌近情甚悉。写信付家中,着长青回乡换成家来此，明日午后可行。十一时寝。今日为文昌帝君诞辰，以此间不便，未举行祀礼。

初三日　晴燥　癸丑　木危开　三月十一日　星期一

六时半起，闻今日宜市扩大纪念周，予虑有空袭，遂未下山。十一时闻敌机声、轰炸声，与南坡出门观视无所见。不知洞内已得电话警报也。饭后闻宜市通惠路、陶朱路被投三弹，毁屋数间，尚未伤人云云。今日长青已带包袱并信件及洋百元、脚踏一乘回小峰。晚间未作事，十一时寝。

初四日　晴燥甚　三月十二日　星期二

七时起。八时周治斌来，嘱以各语去。得顾季安、陈季明函，又宜市聚川源栈一函。郭骏一者来谋事，自称为周子山之戚，予未识其人也。午后主席回山，晚谈甚久。省府大部又须迁回，已觅办公地点在前坪。今日送治斌川资，嘱其即同萧液垓到远安。晚九时半寝。今日正午李晓波、程延龄自邮局来此，谈一时去。九时帅和甫谈甚久，又闻主席云老河口税务局长贺尹东因贪污被押，然此人贪污不自今日始也。民十五以前任府河口税局长，十六以后迭任税局长，前年任广水税局，曾由本会列举事实，函请省府严惩。但彼恃有贺国光援奥，何雪竹主席不惟不办，且调老河口矣。且其人素不孝，于父尤为可恶。其父即贺履之，任北京大学教授。

初五日 晴燥 三月十三日 星期三

七时起。午饭后闻液垓来，与谈各事。昨嘱周治斌下山，请液垓带之同行，今日面约其酒叙。写信与惠东、姜文山、李佛波，均发出。午后四时半约贡九、惠泉、贡之、任之、和甫、胡南坡陪液垓至安济桥酒叙，尽欢而散。予与贡九、惠泉因主席嘱办电稿，至洞中商酌约二小时，十时毕。与液垓又谈半时，乃回室中寝。

初六日　晴热　三月十四日　星期四

六时半起。饭后代拟挽丁、蔡两师长联二副，又江防军阵亡将士公祭联一副。晚间李成家来，带梦闲、迟生函各一件，知乡间上次轿伕陈光孝斫柴跌死。小峰山岩石动高六七丈，樵者攀树枝而上，以锯锯树枝，极端危险，予去夏见之，曾有是虑，今果然矣。八时熊惠泉交来刘某乞主席为其父题象赞。夜燥不成寐，屡起。挑灯作三挽文并此赞已成，此真敷衍之作也。天欲曙时闻大风雨骤至。

初七日　阴雨　寒甚　晚又雨　三月十五日　星期五

七时起。饭后在任之处略谈，今日须往宜市查武县长控案。昨日惠安来宜，竟未上山，不知彼何时可往巴东也。午后三时带成家搭小轮往宜市，至子谷寓知惠安已来，未能搭轮，在子谷寓便饭。晚六时与同访王文端谈半时，至中央旅馆访胡南坡。龙惠东来谈甚久去。遂宿中央旅社。

初八日 阴 三月十六日 星期六

七时起,漱毕雇车至兴盛栈访陈寄轩。八时至北门外与成家吃饭毕,雇车至沙河宜昌县政府查武县长被控案件账目、照据及罗斌若密查等,三人确有其人,从前陈视察所查似有未当。缘彼系军人,对于查案不内行也。午后三时乘车至绵羊洞转前坪回山,在安济桥吃饭,抵予寄庐已薄暮矣。八时至洞与贡九谈此案调查经过。今日成家自小溪塔取回孟广漳二函、姜显谟一函,予带回乡寓各件由长青在小溪塔取去,并寄姜文山、刘汉清、周羡敏、李贯群、胡子韬、张心茸、邓次豪等函均发出。晚十时作签呈。十一时寝。

初九日 早晴旋阴 三月十七日 星期日

七时起,写信二件,写签呈。饭后伯阳来山,与谈甚久,三时同下山搭小轮。今日袁国干与胡南坡共请行署中同事也。五时到子谷寓,知惠安票已买就,今晚可上轮船。五时半至锦江酒馆，七时散席。予至伯阳旅馆中晤及曹汉臣并宜都周羡敏科长，方知汉清已赴渝受训，羡敏尚未阅予函也。便托查赵敬文现居何处。在馆谈至十一时，惠安上船去，予与伯阳再谈甚久，遂寝。

初十日　早雨　午后阴　时有小雨　三月十八日　星期一

七时起，匆匆出门，至南外搭小轮。八时到三游洞，雨大湿衣，路滑难行。到寝室洗漱后清理各事。饭后与贡九、惠泉、任之谈甚久。伯阳来电话数次，听不清楚。晚间又与贡九谈各事，因主席欲予在洞任处理文件及招呼负责等等，因贡九、惠泉均同主席赴施南，予亦不能辞之，想亦无多事，遂允之。十一时寝。

十一日　阴　三月十九日　星期二

七时起，写信二件。饭后整理案上书籍笔墨，代主席作挽蔡孑民先生挽一副，文曰："为革命植初基，身涉重洋，敝屣一官辞翰苑；乐育才启后学，魂归孤岛，心丧全国失人师。"午后三时主席约各厅负责员到室谈话，说明予代包秘书诸事。四时半饭毕下山，与主席同轮至宜市，到办事处后遂访文端谈甚久，就趸船上宿。

十二日　晴　月色佳　三月二十日　星期三

六时起，匆匆漱毕，雇划上岸，至南门外搭小轮回三游洞。八时半到山清理各事，十时阅文电，饭后到办公室实行处理各事。晚七时巴东电话，知主席于今日午后四时已到巴东县政府矣。与贡九电话片刻，写信四件。十一时寝。今日上午十一时，敌机一架侦察宜市，凌上空即去。

十三日　阴　今日春分　三月廿一日　星期四

七时起，八时到办公室阅文件，写复各处函件。午后到公，四时半止。晚间有电二件。今日午后搬入洞内，住包秘书楼房。十一时寝。

十四日　阴　时有小雨　三月廿二　星期五

七时起,八时到公,阅文电,上、下午同。命成家至宜市买物送信,取回朱阳春所代做短褂裤二套归。和甫、济威、一鸣来室中谈甚久去。九时半以今日伤风鼻塞未愈,遂早寝。

十五日　阴　小雨数次　三月廿三日　星期六

七时起,伤风鼻塞仍未愈。上、下午俱如时到公,无多紧要公事。命成家至小溪塔取回邓实、孟广漳、洪英函三件。孟告知在泸县另娶妻已二年,且生女矣。王性淑来信述其父伯良至今无下落事。洪英述三女细纯在县接济困难,朱茂林毫不顾惜诸事。周治斌无用之人,此次西来说话多不可靠,实令予恨此辈无良耳!今日鼻塞难过,十时寝。

十六日　晴　月光甚好　三月廿四日　星期日

七时起，八时到公阅文电，主席廿二日已抵施南，馀为例行公事。复王性淑义女函，又巴东彭艾函。午后例假半日，饭后约贡之、一鸣、季威到前坪一游，桃李杏花俱已半谢。今年清明在二月，节早，故花先开也。过阎任之、高伯韩、王一鸥家，在茶市小憩，遇徐痴愚、李希白等立谈数语，随李、徐行者多军官，或者系水警队请客，予未便一一敷衍。四时回至安济桥食点心。今日途遇易国立等三学生，自天门步行十馀日来此求学者。述敌人在天门开始征壮丁，青年被保甲拉去者千馀人，以实行其以华制华政策，可畏哉。战事如不解决，后患方长，为之一叹。返署后与任之、贡之谈甚久。十一时寝。今日上午十时，敌机一架凌上空三匝方去。

十七日　晴　三月廿五　星期一

七时起，八时到公，九时半举行纪纪①周，予代行道引礼。以包秘书不在此，又不便推脱此事不行也。添读党员规则，予从前未见过，就其书写十二条，就近读之而已。正午有警报，敌机一架飞宜昌上空侦察三次乃去。午后阅文电，无多紧要者。晚以目疾，十时遂寝。

十八日　晴　三月廿六日　星期二

六时半起，七时半到公。十时有警报，敌机索到未②此间上空。阅文件，午后一时闻有敌机六架到沙洋轰炸。三时办公室职员多去宜市，谓税务局长顾宝善请客。予以事繁且恐惹嫌疑，未去也。四时半阅文件毕。晚间周、

① 纪，应为"念"。
② 到未，应为"未到"。

朱、张诸君来谈甚久去。十一时寝。

十九日　阴晴不定　三月廿七日　星期三

六时起，七时到公，八时阅文电。午后一时袁长青自寓中来，梦闲买物数件并请宜市购药，予遂于三时匆匆将文件阅毕，带同长青到宜市，便查省动员会伍清泉火柴一案，十九晚主席嘱查者也。四时半乘轮抵宜市，访龙汇东、刘培森、蔡心寿。至省动员会，石信嘉已回其寓，未寻得负责之人。晚访路庸如问各事，途遇汪从云便问之。宿刘培森金利生药店中，睡不成寐。

二十日　阴　午后小雨　三月廿八日　星期四

六时起，到江干搭小轮，已开行矣。寻本府哨划子，谓已先开矣。小雨如织，遂购伞一柄，至县府晤武县长问各事，至警察局晤刘局汉东，湖南华容人，号道中，黄埔五期生。细述查送仇货经过，并述此事有内幕。十一时至动委会而石信嘉未到,由许秘书讷夫检卷备阅。许为罗田人,亦曾住省立一师范者也。阅卷约一时许乃毕,雇车至绵羊洞,去价一元,车佚借口雨路难行也。到前坪寻问百之并晤李石樵,乃知石信嘉并未到该处,许讷夫轻言不可信,致累予多耽延二时,走泥路爬山坡以为苦。三时回行署,雨湿衣面,汗透衣里矣。至办公室补阅文件,施南来电,黄仲恂秘书长为汽车事径致予,乃知其并未往渝受训也。晚饭后补写日记。十时寝。

廿一日　阴　小雨时作　三月廿九日　星期五

六时半起,七时半到公。今晨发出李观群、邓实、王性淑、朱茂林、洪英、向胖佛、方绪吉等函。午后接太辅自鄂城来信,述细纯女苦况,胡升、陈季明、朱文圃信。晚与任之、一鸣谈甚久。十一时寝。

廿二日　早阴　午后雨　晚有星斗　三月卅日　星期六

六时起，七时到公。午后文电甚少，写复阳春、施方白等信四件。晚约贡之来小饮，便谈各事。九时半寝。

廿三日　晴　三月卅一日　星期日

六时半起，七时到公阅文件。宜昌省府办事处李办事员约同范雨峰来谈，徐痴愚带同职员来此旅行，九时半均分别与谈一时许。午后不办公，李专员来函催写文电、护照等等，觅人缮写发出。陈子谷与其子并李君来山，与本府职赛球，便与周旋各事。彭受虚寄来洋百九十元，系补旅费并三月生活费，请盖章。不够数，拟复函说明，请其照补。陈季明命人送函来领入陕护照，当复数语与之。晚十一时寝。

二十四日　早阴　十时雨　午后大雨　晚十时转见星月
四月一日　星期一

六时半起。七时半冯专员自粤北归。九时半举行纪念周，予领道各职员行礼后，请冯专员讲粤北胜利情形。十时半毕，到厅办公。午饭后仍照上午例，文电稿件阅毕已四时半矣。晚与贡之谈甚久。十一时寝。转钟后大风忽起，闻溪声怒吼，大约上游山洪暴发矣。梦袁世高已卒又复活，甚奇离也。

廿五日　阴　晚晴　四月二日　星期二

六时半起，七时到办公厅。九时命成家至小溪塔买物并取信件，得熊学培自葛店来信，云夏炳臣尚在其家，甚苦，肖鹄药店尚存云云。今日去电至恩施：一请示松滋案件，并请民、建两厅事派人来负责；一则联名请主席在宜昌乡间设立初中，以免学生失学也。晚饮酒二次。十一时寝。

廿六日　晴　四月三日　星期三

六时半起，七时到公，十一时饭后小睡。午后半时袁世高带长青来，携迟生及梦闲来函。予写函付袁到董市寻杨子福，便出胡刘氏一问，彼如愿来小峰，再嘱胡升去接。写信付迟生，嘱其与长青于清明节同来三游洞小住，补习各课，再作计较。晚间与贡之谈甚久。十一时半寝。今日有警报。

廿七日　阴　黄沙雾　四月四日　星期四

六时起，七时到公。午后三时下山搭轮船往宜市，因胡南坡往鄂南，便与送行也。到本府办事处略坐，晤华国谟，坚请予与南坡、鲁儒林同往，在广合利酒店饮毕后已八时半，归办事处宿。

廿八日　晴　今日清明节　四月五日　星期五

六时起，遇范雨峰，彼亦住办事处，未能多谈。雇车至小溪塔，九时在该镇查询食盐公卖处，至区署，至中心小学，各有所询，耽延约三小时，陈季明、刘培森、陈宗榜均晤见。正午贡之、任之均自三游洞来，遂与同往考察乡公所。乡长不在所，仅晤其兵役股欧君，略询各事，仍返陈益三家候迟生与长青来，至四时半遂雇车回宜市。今日往返经镇境山下过亡儿根生墓，不胜感痛。前四日嘱成家往焚楮帛，因小峰无人来祭也。晚仍宿办事处，华国谟明后天往宜属北乡查案，便与谈各事。龙惠东曾来谈。十一时寝。

廿九日　晴　己卯　土女闭　四月六日　星期六

五时半起，六时漱毕匆匆出门，遇一车乘之。至南门搭小轮回三游洞。八时到办公室，清理核阅各文电。昨日小溪塔取回茂林、太辅等函件，鄂城诸事如常。午后到公。晚与贡之在山外一游。今日迟生仍未来此，不知何意。约贡生在室中小饮。十一时寝。

三十日　晴　四月七日　星期日

七时起。今日上午仍照常办公，写复张心革及彭受虚、惠安函。李华屏为郑宇平事有覆电，似可为力。午后五时杜玉武送迟生来此，谓昨在陈益三家宿，今日途遇杜君送之同来也。晚用电话向闵弼甫商酌迟生入简易师范附学事，安置迟生住宿。十一时寝。今晨九时有警报一次。

三月

初一日　晴　四月八日　星期一

七时起,七时半到公,写复谭菊畦、刘凤章、冯艺林、闻百之、李佛波、孟广潓信,均发出。午后命成家引迟生至宜市照像、办零件,明午回小溪塔取七弦琴归。晚与济威、一鸣、任之谈甚久。十一时寝。

初二日　晴　四月九日　星期二

七时起,八时到公,写复太辅、茂林、先霖、熊学培、液垓、伯阳函,均发出。下午得包贡九函,知省府迁宜尚无表示。傍晚迟生回山,便问各事。今晨警报,彼等已出北门矣。并述途遇袁世高、布已购归、胡刘氏不来等语。今日有警报一次。晚十一时寝。

初三日　晴　四月十日　星期三

六时起，七时到公。九时有警报，敌机一架曾掠此间高空过去。迟生携回琴一张，上弦换轸颇费事。下午接周治斌来函附洋十元请拨归家用，殊为可异，此人向不顾家者也。因迟生欲回乡取行李，派承成①明晨送之回乡，并还益三借件，带艺林、星阶二函去。今日为旧历三月三日，颇多感触。忆予幼时读书，晚间看燐火事，临睡前竟忘之矣。清检各事至十二时半方寝。

初四日　晴　四月十一日　星期四

五时半成家、迟生俱起，六时回乡去。予遂起，七时到公，华国谟来谈已查宜市及乡间烟馆、烟苗情况。邓时

---

① 承成，此处有误。

捷引女生十馀人来游三游洞，因杨科长未来，予遂道之游，约半时乃毕。午后右目又痛流泪，或系天热所致。梦闲自乡来函，语多揣测不逊，旧性复发。晚八时恩施参议会严主席来电话分嘱各事，当即转告冯少岩专员应办各事。明日当与石信嘉、朱文囿言之。清检各事至十二时寝。

初五日　晴　四月十二日　星期五

七时到公，上午有二次警报，敌机一架凌高空过。有得电话，我机十四架东下炸敌人。午后二时又有警报，龙惠东来谈，取款三百元去，当即写一收条存此。三时朱文囿、许讷夫来商各事，傍晚方去。今日公事无多，晚约贡之、任之小饮。十一时以目疾难过，遂寝。

初六日　雨　四月十三日　星期六

六时半起，七时半到公，今日上、下午事均简。晚六时迟生同成佳来述乡间各事，并带来洪英一函，谓鄂城东门住宅前重铺面每月租出四十元，后重照去年亦增加半数。茂林来函均不言屋价多少，殊为疑窦。今日寄邓次襄并附诗稿，嘱其代印。又汪从云一函，附梅先林为调督学事，请汪设法。晚间迟生同成佳来，梦闲带来一函，仍胡说无状，殊可恶也。十一时寝。

初七日　晴　四月十四日　星期日

六时起，七时教迟生看《亚洲内幕》一书，外人知中日内幕者，以此书为最详云。阅公事，十二时以后整理寝室各事，嘱曾科员将洞内打扫清洁。江防司令部卢副官长云南人。与警备司令部杨副官来谈片时去。午后三时与帅秘书、麻科长同搭轮往宜市。今日南经庸请客，同席者长江公司经理朱君，浙人，馀为武昌人、湘潭人，皆朱姓。七时席散，闻近时筵席价已较前年冬涨四倍矣。晚宿省府办事处。今日有警报一次。

初八日　晴　四月十五日　星期一

五时起,六时匆匆乘车至关帝楼搭小轮回三游洞。九时半照例领道做纪念周,午前、午后俱办公。晚嘱迟生准备明日上课诸事,十一时寝。

初九日　晴　四月十六日　星期二

六时起,七时半送迟生到前坪简易师范上课,带成佳去。八时半晤徐痴愚,谈片刻即率迟生同往晤校长徐鸿年、军事吕教官、办事员徐君细问各事,交火食洋六元。校中设备尚好,寝室亦洁,不似巴东联中之糟极也。惟火食甚苦,学生立食,仅豆子、豆渣二碗为肴而已。命成佳至小溪塔购物件。今日上午连有警报二次。在痴愚家吃午饭,归洞已下午矣,照例办公。晚间清理各事,十一时寝。

民国二十九年（1940年）　三月

初十日　晴　四月十七日　星期三

六时起，七时到公。正午严任之与刘君亲订亲家请媒酒，冰人未坐席，包贡九在施南未归。午后循例阅文电，晚间阅石印先君遗墨并先母讣文、哀启。此二件冯艺林保存之，予已取回，深为感激也。今日陈季明送来罗佃溪新茶一斤，烹之可口。十一时寝。

十一日　晴　四月十八日　星期四

六时起，七时到公。午饭后和甫、世英约往紫阳一游，乘船去，晤省银行南行长往庸道游一周，谈一时许。便晤张友三，始知其去夏由恩施财厅调此服务者也。办公地点为阎氏家祠，阎在紫阳称大族，祠前有道光八年一石碑，未细辨，大约记载家规者。午后二时由省行专船回三游洞，便经上紫阳查看情形，有五六小商店、一缝衣工厂。游后仍上原船，到洞时已三时五十分矣。清理文件毕，晚饭疲极，欲睡未能也。六时洗澡一次，此为畅快之事，去秋至今，此为第一次洗澡。十时冯少岩与主席通电话，予亦与谈，声小难听，约以明日用电报答之。十一时寝。

十二日　晴　上午十时半大雨如注　四月十九日　星期五

六时起，七时到公。柯克明转借之《宜昌府志》《东湖县志》均送到，残缺不全，仅共十五本，而名胜古迹门类未有也。拟□晨与同人搭轮至黄陵庙一游。午后方之正来谈甚久去。山上大石忽坠一块于下路，如雷声倏止。四时半宋济贤同其弟自沙市来述各事，留便饭去。晚写伯阳、迟生、受虚、子谷、季明、宗榜并杨星阶信，附寄予十年前诗稿，已订成册矣。客中得此，免费脑记也。写家信一件，诫梦闲各语，此人性情乖戾，殊可恶。十一时寝。

十三日　晴　晚月色大佳　今日谷雨节　四月二十日　星期六

六时起，七时到公。午后迟生回三游洞。三时办一密电稿致主席，报告三事。航务处复函，明晨往三斗坪可免费乘船。王一鸥自施南归，述各事。主席为石衡青一言，竟不敢率职员来行署。吁，奇矣！晚十一时寝。

十四日　阴　早十时小雨二次　晚有月光　四月廿一日　星期日

五时半起，六时呼迟生起盥漱毕，七时与和甫、春崖、任之、迟儿等下山，遇世英、志成、毅夫各携眷上轮，同行者尚有济威及保四科二人。沿途经过虾蟆碚、平善坝、南沱、乐天溪等处，到黄陵庙阅正殿之雕刻，抱柱双龙，工程甚坚实，游人谓此为鲁班所做，一夜而成者，殊觉荒诞。阅诸葛武侯石碑，原文载县志中，但隶书整齐，当是后人伪作。又一新碑记载庙中事，又康熙二十三年一小匾额尚完好，在大殿后圆门上悬之，似一武官所题篆文"□□□□"四字，以时间仓卒未竣。游览匆匆，又与同仁上小轮，到三斗坪已十一时矣。带同迟生略在街中购零物，正午在一酒馆名香村者开饭二桌。下午一时上小轮，三时半抵三游洞，四时洗澡一次。晚饭后嘱承佳送迟生回校。予以疲劳，八时即寝。今日轮过平善坝时闻警报一次。

十五日　晴　月光大明　四月廿二日　星期一

六时起，七时到公。九时章映伟、陈宗榜为考训练班事来求保送，谈半时去。九时半循例领道做纪念周。十一时饭毕，方之正来谈一时许去。午后四时半有警报，云有敌机十架，未几又有六架，未几又有十二架，由汉、湘分批袭渝。严公威来洞中居住，交到主席函一件，附条四纸，便谈半时。晚饭后又有警报，云敌机架数不明，至十时迭闻电话，今夕敌机共四批往川。十一时闻巴东东下敌机过此高空，起视不见。十一时半仍未睡熟也。

民国二十九年（1940年）　三月

十六日　晴　晚月色佳　四月廿三日　星期二

六时起，七时到公。八时将主席交件分别办竣。九时有警报，未久解除，大约敌机又来各处侦察也。下午无多事，乡寓来函，谓已另有雇工刘长纯，不日来小溪塔取件，并请购疮药、食药等等，知定生母子疮疾尚未大愈也。晚十一时寝。

十七日　晴　晚月光大明　四月廿四日　星期三

六时起，七时到公。今日公事无多，写信与黄晓浦、邓次豪。晚间清理各件，写家信命成佳明晨送小溪塔，因益三已添孙，送洋拾元与之作贺礼。十一时半寝，睡不成寐，转钟零时似闻敌机声过此高空，以未接警报电话，遂再寝。上午二时闻机声又作，二时半又一批过此，大约又系往川东各地轰炸也。

十八日　晴　四月廿五日　星期四

六时半起，闻昨夕有四批敌机袭川。七时半又闻警报，未几解除。今日下午公事甚多，关于振济会文稿须加删改，五时方毕。到秦视察绍恬家吃便饭，渠请严公威，延予与此间同事作陪也。菜均精美，酒芳烈，惜予不能多饮也。成佳自小溪塔归，细问各事，乡间并未来人取件云云。嘱之上山清检各事。七时予方归，又与公威、张贡之谈甚久。十时主席在施南来电话细谈各事，约四十分钟方毕。知施南同人不来前方，张厅长已出巡，主席须在施南招呼一切，暂时不能回宜，予在此代负责已月馀矣。包、熊二君何时回宜亦未言及也。十一时寝。

十九日　阴　早小雨一次　四月廿六日　星期五

六时起，七时半到公。午后四时严公威往湘，渠因酬秦绍恬家属请酒一席，约予与任之、贡之作陪。五时半席散，送之至河边，步行时与沿途谈一刻钟，予以事多，无暇与彼单独谈各事也。济威、一鸣、和甫来寝室中谈甚久，烹茶数次，约谈二小时方散。十一时寝。

二十日　早阴　四月廿七日　星期六

六时起，七时到公。十一时冯少岩云即下山，李长官之夫人葛德洁已到，恐有事须面谈也。午后五时迟生来山，予已将琴弦整理，嘱其练习，至晚十一时寝。

廿一日　晴　四月廿八日　星期日

六时起，七时照常处理文件。午后带同迟生及本署帅、朱、阎、杨诸君同游石门洞，乘船去，山路难行。到洞门时山坡陡绝，用梯下去，乃到洞中，用炬照之，内面空气不佳，仅行数百步，以曲折深邃不敢再进，仍返原路乘船至前坪看淘金，恰于今日淘金已停工矣。午后五时归，乡间派袁长青、刘长纯来此，嘱将各物件带回乡去。

长青作事不可靠，闻其父亦不通人情，梦闲函中所说如此。六时命成家送迟生回校，予以疲倦，十时遂寝。

二十二日　晴　四月廿九日　星期一

六时起。八时汇东来谈，并退回前款。九时半做纪念周。午后文件不多，六时与韩仲锦通电话一次，昨主席所嘱各事也。晚八时半再与主席通电话一次，述各事。施南无人负责，主席一时不能回宜，予欲回乡去看看未能也。九时半约任之、贡之小饮。十一时寝。今日上午有警报，昨日有警报二次。

二十三日　晴燥甚　四月卅日　星期二

上午二时闻有警报，五时闻警报，谓巴东已有敌机东下。六时起，又闻有警报。八时陈宗榜来，陈寄轩来谈半小时去。上办公室后又闻有警报。午后小睡一时半方起，再有警。宜昌连日以来无日不在警报中也。今日午睡梦已回鄂城,见先母买鱼一筐,无异平时。噫!何日东归一整理家园耶?晚饮酒一杯,调絃弹琴半时许。十时寝。

二十四日　晴热甚　五月一日　星期三

六时起,陈寄轩来,请写函与董市商会,彼明日亲往董市索取棉纱。八时半有警报,十一时又有警报,午后一时半又有警报,计已三次矣。三时以后天热如伏,办公室中极难受。晚饭后电务室收音机已装成,听各处收音甚清晰,重庆及中央国际电台播音均甚清楚。九时半主席自恩施来电话询秦绍恬查案事,另询数事。黄秘书长尚无来施消息,包、熊二君亦须与主席同返,予代理此间诸事,尚不知何时可休息也?听收音机至十一时半方寝。

廿五日　晴　午后三时半风雨雷电交作　五月二日　星期四

五时半起。八时阳春、胡升、陈挽澜等来述各事。八时已有警报二次,九时四十分又有警报。午后三时接电话云敌机六架自当阳来,旋闻机声大作,已凌此间上空矣。敌机盘旋宜市三匝乃去,未几风雷大作。四时又闻有中国机一架降落宜昌三区所属之罗石乡。晚间电询县政府,谓此机自汉中飞往苏境放军饷者,汽油不足,恰遇此间有警报,被迫下落,机师三人,袁、李、张其姓也。今日电务室收音机已停,未能听战况。十时寝。

廿六日　阴　寒　小雨　五月三日　星期五

六时起,七时半到公。午后在办公室感寒,早退。今日气候不佳,未闻警报。晚间听收音机,声小不得闻,天时关系于电力弱也。十一时寝。

廿七日　晴　五月四日　星期六

六时起,七时到公。上午有敌机西上,今日警报二次。午后四时冯少岩请吃饭,与和甫、择西、济威、任之、一鸣、贡之、若愚等同往，席散后已七时半矣。迟生来山，令之练习七弦琴，但已忘记大半。古人三日不弹手生荆棘，迟儿则二年馀未习也。今日远安王安雪来，带有萧县长所送茶叶，便问远安各事。周治斌亦寄来茶叶壹包。晚十一时寝。

二十八日　晴　五月五日　星期日

六时起，七时到公，仍嘱迟生在寝室学琴写字。午后例假半日，单继苏同禁烟督察处张秘书等男女十馀人来游。予事前不知，彼亦不知予在此间也，与谈乱后时，约一时许去。晚接办事处电话，云有中央警校分发学生十三人，明晨推一人来见。今日惠安、袁世高带同长青来此，与谈三时并指示各事。十一时方寝。今日有警报二次，一在上午八时，一在下午二时。

廿九日　晴　今日立夏节　五月六日　星期一

七时起，七时半到公。皮季装来山，系约其来考询者。久候王一鸥未至，中央警察专校派来学生十四人，派代表邹理廷、严啸、何守文、胡静愚四人来谒，与谈片刻去。十时有警报，午后又有警报。晚通电话与施南贺葆三，告予各事，云主席九日动身返宜、襄阳吃紧等语。十一时寝，寝不成寐，头左偏痛，下部肾气涨，起坐一次，挑灯默记金太史《五十述怀》诗四首，因补书之。金为江苏太兴人，光绪乙未翰林，丙申丁内艰回籍，又告终养，其父尚存也。自后未入京消假，亦未作事。辛亥起义被本籍人士迫起，为本籍县知事，迩时江苏称县长为民政长。金在泰兴二年，以避籍故，民三调江西彭泽，有政声。袁氏称帝，乃辞职回籍。其人似高尚一流，惜予未与见面也。抗战以后不知其尚存否。其诗曰："蚤时文彩动人主，今是天涯一秃翁。沟壑馀生来日短，兴索贱役本州充。一家骨肉伤亡尽，满眼河山破碎中。我自无家世无国，高年不幸褚司空。"第四句指在清代未作知县，民国乃被举为县长。末句引褚彦回事以自慨叹也。其二曰:"柳树婆娑生意尽,菊花消息客心惊。人呼彭泽陶元亮,我媿青山费冠卿。待觅下泉铭息壤,久因长假厌承明。读书未信香山达,逐岁编诗过一生。"金曾庐墓志孝行,故引费冠卿为喻也。其三曰:"鱼盐地近三弓宅,芋蓿贫家半亩园。生不鸡豚逮父母,死宁牛马为儿孙。挂冠旧恨辞黄屋,乞食馀年托白门。万事闲情一杯酒,谁能立马望中原。""挂冠"句指洪宪国号出,彼即辞官,嗣后齐耀琳任省长,金曾居其幕也。其四曰:"已到白头迎望地,犹能青眼纵高歌。背人白日堂堂去,于我浮云薄薄过。哀乐中年怕丝竹,流离道路苦兵戈。藏金身后真无用,闻长者言当奈何。"末二句用陶诗"昔闻长者言"句,因陶作诗其年为五十也。金原寄相片与予,惜西迁匆匆未携出,写竟此诗已转钟一时矣。

四月

初一日　晴　五月七日　星期二

六时半起,足疲软甚。七时半到公,李区长培慈来谈甚久去,分发警官学生邹理廷等四人又来谒,面告以各事去。今日主席来电三次,二系指购湘米事,一系云九日由施起程返宜。又各处来电,襄、随吃紧。午后保四科情报谓敌军距襄城仅六十里,又云十馀里。晚又接严公威来电,知已抵长沙。九时饮酒一杯。十一时寝。

初二日　雨　五月八日　星期三

六时起,七时到公。今日来电甚多,襄阳、宜城敌人进攻甚速。午后接各处电同。晚间冯少岩自宜市来电话,云警备部告渠鄂北战事,敌军前进,我军转攻敌人后方,此与保四科所接情报同。总之鄂北如不胜利,则陕川局面受威胁甚大矣。询龚处长知建厦轮明日开巴东,主席九日自施起行,恰可原班乘轮回宜也。十一时寝。

初三日 雨凉 五月九日 星期四

七时起,八时到公,警官学生邹理廷、袁特来陈述,请照所开地点分派工作,已许为电达。今日大雨,午后天气转寒,乡间望雨又兆丰年矣。午饭后主席来电话,谓今日施南大雨,未能首途,改明日乘汽车,并告予各事。午后一时施方白来电报,襄樊吃紧,当将此电转出。今日午后雨更大,乡间插秧想已足矣。晚间清理各事,整房屋至十一时寝。

初四日 阴 晴 五月十日 星期五

六时起,七时到公阅文电,襄阳似又转平静矣。午后接蔡惠庄、余宜泉电话，知彼等由鄂东来者。晚间电报，襄樊局势转好。午后电话询主席，今晨已由施乘汽车动身，今夕可歇茅田云云。楼上卧室已整好，拟即搬入，较为便利。清理各事毕，十一时寝。

初五日　晴　五月十一日　星期六

六时起，七时到公。余宜泉、蔡惠庄来晤谈，询及各事。方之正来探问军管区事。今日有警报二次，余、蔡在此午餐去。今日电报少，情报云我军已获胜利。晚听收音机，平、汉、沪报告均清晰，以星期六倭寇未播扰乱之电波故也。迟生来此宿，予以清理各事搬入修理室中。十一时半寝。

初六日　晴燥　五月十二日　星期日

六时起，七时又整理室中诸事。八时到公，照例阅文电。十一时闻建夏轮已到，主席自巴东回。匆匆下山，值船刚停，余立江干与主席谈数语，遂同上山。此次在施同来者有卢邦俭视察、王科长葆菁、曾股长□□、邱股长□□等，皆新调来者也。随从约十馀人。午饭后主席开会，略谈片刻，一为事务方面卢视察负责，一为机要方面包秘书负责，行署俟朱委员代杰到施后再定，此时由贺秘书暂负责，约一时许散会。今日上山下山受热气促，转为咳嗽，身体极不适。孟训明、方之正同来谈片刻，遂嘱迟生与孟、方同行到校去。晚餐平时可以留此，今日事烦，令渠早去。晚与主席简谈数事。十一时寝。

初七日　阴　大雨　五月十三日　星期一

六时起，七时清理室中各事，予现不办公，仅任视察事务。胡县长子涛自秭归来谒，主席与谈一时许。午后仍整理室中之事，办施南带回查宜昌县府案，此事经过奇离，主席现时意志活动，凡事不能自主也。晚间咳嗽大作，似寒包热，极难过。十一时寝。

初八日　阴　小雨时作　五月十四日　星期二

六时起，八时与周伯翔、孟训明约定今日午后三时下山。午后三时与包秘书同赴宜市，无轮船，而本署划子早一时已开下水。遂带同成家步行至南荆关，天欲雨，再至前坪，则衣汗已透，遂决意返山，五时一刻归。饭后小憩，整理室中各事。今日行路多，足疲甚。九时主席约予谈查案事，半时乃毕。十一时寝。

初九日　阴晴　晚燥甚　五月十五日　星期三

六时起，见朝暾，旋阴暗不明，似有雨意。八时将前查案办毕，送贡之登记。八时有警报，谓敌机二架过当阳矣。午后二时到江干乘船，至前坪专员公署调查案件，主席交下者也。四时到绵羊洞，沿途无人力车，遂与成佳步行到北门。腹馁甚，就一酒肆吃饭毕，至荣昌旅馆晤孟训明谈片刻，至省府办事处已疲乏不堪矣。略事休息，访周伯翔，汪贵卿亦在座，与谈半时许回办事处，请路庸如代雇舆，备明日往小溪塔、马南坡，专员公署人力车不能达到，为省减车费起见，不能不如此也。晚寝极不安，蚊虫极多，为予平生所仅见，设天气再热，更不知作何状态。十二上床，四时犹未睡熟。

初十日　阴雨　寒　五月十六日　星期四

四时半即起，天有雨意，五时促舆伕食后即行。七时过镇景山经亡儿根生墓，巡视宿草，触目伤心。在茶肆小憩，山雨已来。九时半到小溪塔，与陈益三夫妇谈片刻出。至区署访李区长未遇，仅晤吕区员问各事。至乡公所与陈季明谈甚久，就其所中吃饭。天雨更大，气候转寒，向季明借衣服、油布等等冒雨行。三时舆抵专署，再查各事，李专员面谈各事，闻百之亦多陈述。四时乘舆返山，饭后略事清理。十时寝。

十一日　阴雨　午后四时晴　五月十七日　星期五

六时起。饭后得远安沈云泽函，知诗稿已印月馀，前寄邓云勘处耽延甚久，印极不佳，殊为闷气。午后无多事，欲往沙河去调卷，恐路湿难行，拟明晨再往。晚十时寝。

十二日　阴　午后一时晴　五月十八日　星期六

七时起。上午有警报二次，敌机曾到江陵、董市等地侦察。午后命成家往小溪塔送还前日所借衣服与陈季明，便往宜市购各物。发巴东彭受虚信，索补去年旅费。又致孙寿山一函，请其查保安门住宅陶姓分租及修整此宅细账。又寄朱文圃一函，为戏券事，补缴洋五元，并退还戏票。六区专员署查案，已与主席、贺秘书商一办法，但河西师管区、宜昌县政府须调阅卷，乃能作报告也。今日下午四时迟儿仍来山。晚七时起至十一时半警报三次，敌机临空过，大约遂袭渝、蓉也。跳虱多，睡难安枕。

十三日　晴热　月明如昼　五月十九日　星期日

六时起。七时通电话与专署，十时带同迟生往前坪省立医院看严副官病，前日主席便嘱者也。细察其现状，病似减轻，但恐难愈耳。十一时到专署与李专员略谈，并晤百之，一切均遵主席所嘱，面告李专员。十二时半带迟生往马南坡冯家湾访艺林谈甚久，彼坚留予饭，饭毕即返，因欲往小溪塔已来不及矣。先是在途中遇警报一次，归途未到前坪时又有警报，敌机九架掠高空过。迨予到前坪，又有极迅速之敌机六架在空盘旋，时时以机枪扫射，并投手榴弹三响。予与迟生急行三次，乃得蹲一干沟中。今日行路多，足疲甚，又天热衣汗透湿三四次。行至白马洞时乃嘱迟生回校去。予勉强到南荆关，至安济桥时敌机又返，声轧轧然。到山洗澡毕小憩。食饭毕，月朗如昼，警报又来，据说每批九架，截至晚十一时半，敌机今夕已五批往川，共四十五架。旋又闻沔阳又有警报，敌机多架又东上矣。予心疲甚，遂寝。

十四日　晴　月明如昼　五月二十日　星期一

六时起。七时闻有警报，敌机廿七架西上，已过十里铺矣。以心理推测，居宜市者自十二日上午起，警报循还无穷，逃避人足无停止矣。倭奴何时可灭耶？午后一时刘长纯来，携有家信暨米酒、腊肉、炒米诸件，遂写信，给洋三元，并嘱长纯带回盐豆豉、茶叶等物回乡。方之正来谈谋区长事。今日白昼警报四次，晚七时警报，谓有敌机九架西上，大约又袭渝也。九时以后有警报，予以疲甚，十一时寝。

十五日　晴　夜月如银　今日小满节　五月廿一日　星期二

六时起。七时以后有警报三次，第三次敌机九架西上，十一时半乃返，此间均闻机声。午后叶文鹏为宋圣遗事，自沙市来述各事。今晨萧液垓、刘汉清同来谈甚久去。予前日与包、贺、帅等所约彼等到山宴集,以时间关系竟不能成,然借此可减数元开支。今日下午约鲁儒林、冯少岩、陈绩昭、秦绍恬四人饯行,鲁昨已电辞,冯、陈均奉派在宜有急务,秦临时为主席召下山矣。五时半予等遂与同人约贺、曾、王三人加入饮酒,食毕已六时半。七时以后至十一时警报二次,谓敌机九架西来矣。宜市日夜逃警报,日夜循环不断,今已六日矣,何时可止耶?连日收音机,沪、汉安乐如故。鄂中民众此时正处苦境,而冀战争停止者当不在少数,天实为之,奈之何哉。十一时半得电话,为本署写布挽,备明日祭张自忠军长者,贡九所作文。扰扰半时,书后即寝。未几又闻警报,敌机过十里铺矣。

十六日　晴　晚有月光　十二时以后大明　五月廿二星期三

六时即闻有警报,七时又有警报。午后清理文件,傍晚与贡九在山门外闲谈甚久。今夕天气似有变,予与葆三、和甫闲话中谓敌机或者今夕不到渝也。十时听收音机，知战事吃紧，襄樊仍未脱危险。十一时以目疾又发，遂寝。转钟二时忽闻电话，敌机七架又袭渝矣。

十七日　晴风　黄砂　雾大　晚有小风雨　五月廿三日　星期四

六时半起。午后①欲办查专署案复文，以目疾止。午后主席回山。晚大风又起，小雨时作，天气转寒，十时遂寝。

十八日　阴雨　午后稍大　五月廿四日　星期五

七时半起，昨夕无警报，包贡九已入宜市，室中人少，睡较熟也。和甫约入市，天气未晴，予亦久欲往市区，遂许之，且查案尚须到宜一次。午后三时半同和甫下山，山路奇滑难行，又值小雨，轮到时有军队上坡，停稍久。五时到宜市，先至省银行打电话，约阳春到办事处。

---

① 午后，疑应为"饭后"。

六时半李专员石樵、李范一、严葆三、吴一之、名正,浙江人,新任战时贸易管理处副处长也。余宜泉、帅和甫同席,七时半散去。予遂回办事处,丹阳送药来,汇东、阳春俱未至,与卢邦俭谈甚久。寝后极不安,帐小蚊多被厚,起坐数次。与范雨峰谈约朱祐亭来宜事,祐亭久未至,不知已行否。

十九日　晴　五月廿五日　星期六

五时起,与范雨峰盥漱后即约其出门搭轮。晨无人力车,步行至南门外搭小轮。轮中遇和甫及周文达。长江企业公司总经理也,咸宁人。八时轮抵山下,上山后汗湿里衣。饭后小憩,目疾未愈。傍晚迟生来。八时半约贡之、任之饮酒食面毕。十时寝,甚安适。

二十日　晴　五月廿六日　星期日

六时半起。闻今日黄秘书长来山,遂嘱迟生早回校,给以豆豉等，命成家送之往南荆关。未几闻有警报，敌机廿七架西上至松滋。午饭提早半时开，后各职准备往江干迎黄秘书长及新委朱代杰，予亦同去。午后半时黄、朱均到，略与寒暄。天气甚热，上山后小憩，闻又有警报，先后敌机西上或往湘，今日已过百架，又未几敌机卅六架西飞，已过五峰境。究竟敌机多少，轰炸何处，明日乃得悉一切，今日未闻战况如何。傍晚黄秘书长来室谈片刻去。十时闻宜市云今日共有飞机百架西上至渝云云。十一时寝。

廿一日　晴热　五月廿七日　星期一

六时起。十时半例行纪念周，主席同新来委员朱代杰、黄秘书长到礼堂报告各事。今日共有警报四次，敌机六十馀架飞渝轰炸云云。晚十一时寝。

廿二日　晴　五月廿八日　星期二

六时起。午后清理各事，查案签呈已办就。截至晚六时，今日共有警报五次，敌机仍飞渝轰炸。连日报章所载，略而不详也。晚十一时寝。

廿三日　晴热　五月廿九　星期三

六时起，今日黎明即有警报。午后约李、刘二录事到室写查案二稿，五时毕。秦绍恬约吃便饭。傍晚上山洗澡后小憩。连日欲办之事竟未办毕也，人之不能迈进如此，锐气渐消，老境已至，奈何奈何。今日计有警报三次，前方战事仍在吃紧中，闻敌人亦增援不少，鄂北地势重要，似未可乐观也。十时寝。

廿四日　晴热甚　晚六时大风　微雨　五月卅日　星期四

七时起，所写签呈二件均交贡之登记呈阅。今日上午热甚。午后三时朱委员新兼主任，召各科负责人谈话，并拟行署办事细则，约一时半散会。主席今日已往市区。六时风骤起，雷声作，雨甚微，九时天气稍凉。予以目疾，遂早寝，但时闻电话扰扰，未能安睡，仍展转至十一时方熟。

廿五日　阴　小雨　晚晴　五月卅一日　星期五

六时半起，昨睡似稍安，因天气稍凉也。上海新生活救护队女子约卅馀人来参观，新衫艳态不减从前。道来者为《武汉日报》驻宜男子数人，由冯少岩、王科长招待并谒朱主任以去。吾国近年借名机关所谓救国抗战之女子，异服奇状如花招蝶，徒诲淫耳，可为慨叹。午后写复各处积久之信，并发电至沙约刘伯阳来宜，因予五日内须请假回乡也。二时迟生自校中来，云其感热受病。三时请和甫便诊之，开方多凉剂，兼用薄荷。晚寝嘱其发汗，迟生与予同床，迟生睡甚好，予实不安也，展转不成寐。

廿六日　阴晴不定　六月一日　星期六

六时起，迟生疾已减轻，饮食如常，仅头晕未愈。主席已到市区，予拟请假，但久有此言，未向主席一上签呈也。今日行署正式成立视事，朱委员代杰兼主任，今日正式办公矣。午后得各方消息，战事不佳。晚间主席在市区有电话，谓陈部长须来宜主持军事，一二日即到宜云云。晚间得保四科消息，战事愈紧。十时以后尚有来电，襄阳战况不佳。

廿七日 晴热甚 晚有北风 六月二日 星期日

六时起。今日有警报三次。午后一时杨世英告予，谓陈部长快到，来此主持军事，洞中全部让出，晚间须搬迁。未几长青自乡寓来，予遂嘱成家清理各物，命迟生同长青今晚至宜市宿，明晨回乡。纷扰二时许，嘱早吃饭，命长青四时送之乘船去。五时予等饭毕，六时搬入财厅办公室，八时以后乃竣，纷扰通宵，难安枕也。晚间时有电报，战况不佳，敌人已渡河矣，襄樊恐已失守。

廿八日　晴热　六月三日　星期一

六时起，七时有警报，敌机已西飞。九时半予室中布置就绪，惟窄狭不堪。闻之卢视察云，恐又搬前坪，俟陈部长到后再定。十时纪念周予未去，闻包、帅二秘书转述各事，战事愈紧迫。午后二时闻陈部长船已过巴东矣，行署通知科员以上俱往迎迓。予以刚经主席准假二星期回乡休养，遂不去接。傍晚陈方到山，迎迓职员俱返，予方饭，已七时矣。自是高级官长、士兵及运行李等件上山者，灯火辉煌，至鸡鸣犹未已也。予以疲甚睡似熟，今晚电报更不佳。

廿九日　早大风　小雨时作　六月四日　星期二

五时起，人声嘈杂，陈部长之副官、参谋、电务人员相继而至。闻行署又须迁前坪。战事转紧，予已请假照准，急待归家料理各事。八时半以无伕挑物未能行，十时刘伯阳来山，予正欲起行，遂与谈各事，引见黄秘书长。予与主席遇谈数语，嘱早来销假。十一时与伯阳、成家并麻科长派来挑子匆匆下山。途中遇雨，时时休息，到前坪遇余冷诗，余与伯阳亦熟人，相邀至一酒肆吃饭毕。午后一时与伯阳别去，予与成家到冯宅，未遇艺林，其家电信队亦奉令开拔。过小溪塔陈益三家食宿，亲往区署请派轿伕、挑子共五名。小溪塔军队亦开拔，时局转紧矣。十一时寝。

三十日　阴　大小雨时作时止　六月五日　星期三

六时起，嘱成家催轿伕等俱来，就益三家饭毕起行。今日天阴雨，无警报。回想三游洞中诸人，此时不知是否决定迁移，但陈部长以军事关系驻内，难免不遭敌机时时来袭也。行至廖家林，雨作，休息。至锦纹坡遇袁长青，嘱其转与予等同回。午后五时抵家，稍问近三月来诸事，身疲早寝。

五月

初一日 晴 今日芒种节 六月六日 星期四

八时起，疲倦殊甚。九时闻城中来者谣言甚大，谓敌人已到当阳。午后闻高空敌机声大作，未几，二批十八架直过予宅上空，又未几，有声大作，但未见机飞，大约系炸渝转来者，宜昌必吃紧矣。晚陈玉清来，请作函与乡公所，请其放伕子回乡，并借长青送此信去。许以明晚即归，大约彼等为运盐事有作用也。予嘱长青便带油瓶去，嘱以早回再探三游洞信。十二时寝。

初二日 阴 晴 六月七日 星期五

七时起，欲写信，以疲倦甚中止。午后闻宜昌已被炸，因宜市有逃至乡间路过者所述如此。晚候长青未归，袁世高云陈衡青嘱与其弟带长青去矣。成家今日往三游洞探信去。

初三日　晴　六月八日　星期六

八时起。饭后闻宜昌搬家者已空矣，乡间所传谣言愈甚。张家口、星坪等处过兵及伤兵来往甚多。袁世高来传谣风甚大，今日又闻敌机声，又炸宜昌数次。昨日前、后坪俱遭炸矣。下午四时至惠安寓探宜昌信息。晚十一时寝。

初四日　晴热　六月九日　星期日

七时起，疲甚，长青今日仍未归。闻宜市又遭敌机狂炸，战事真息不得而知，仅闻不好谣言而已。晚欲清理各事，未有精神，遂止。

初五日　晴热　今日端午　六月十日　星期一

六时起。今日端午，无心布置一切，探宜市信不得，甚闷闷也。上午十一时有敌机卅七架，分三批，飞行甚急，从此间高空过去，望之甚清楚。下午三时方转来六架，以时间之长久推之，必系炸成都远地。五时半陈廷泮搬家来此，云敌机西下过黄家场时亦投炸弹三枚云云。今夕仍未见长青归来，殊为奇怪，陈衡青留其何用耶？晚十一时寝。

初六日　晴　六月十一日　星期二

早袁世高云长青今日为龙汇东借去运盐云。七时半予起床，闻敌机低飞侦察。十时汇东来谈，细问各事，坐一时半方去。陈吉轩亦来谈。午前十一时成家自三游洞归，携有贡九、贡之两函，述行署同人十日已往巴东，现留三游洞与主席未行者杨、吴、柳、张少数人耳。包信嘱予以后径往巴东,但陡增各机关之多,难民之众,巴东小邑,何地可容耶?细问成家洞中各事,此人脑筋简,不能答所以然,焦灼之。至晚欲清理各事,苦于无从着手。十时半睡不成寐,未几,袁世高归,述各事。梦闲彻夜清理衣箱,准备明晨迁往姚家冲暂避,鸡鸣三次已清齐,予实未寝也。

初七日　晴　六月十二日　星期三

五时半起,梦闲同袁宗汉、陈光典等搬衣箱行李等六件,至姚家冲陈光典家中安置。六时予过渡至陈秀升家,与迟生母子商议避溃兵之法,并给洋五十元为迟生火食之用,并令长青为之搬衣箱等件至陈宅后山上。归后再欲清理各事,心乱如麻,无从着手。乡人来此者云宜昌已失,小溪塔难民纷纷逃至秀升家中,小溪塔附近我军已大掠衣物矣。十时与成家吃饭毕,山下路人云溃军已至。十二时成家下山探望,溃兵大至,已入秀升家矣。予尚怀疑,自出后门望之,军队甚多,由陈宅进出不常,时时吹叫具集合训话等事。袁世高伏地探之,云恐系溃兵来矣。予遂嘱长青、成家准备一切。未几先来予寓者系曹勗所统之游击队，自远安溃奔至此者，借口来此造饭。其连长某系广西人，据说曾随黄主席在武昌充过卫队。予与成家招呼诸士兵茶水，隆以礼貌，尚不敢动手抢劫。予时照顾一切，彼等闻予述及与曹游击司令系熟人，遂未便索各事，仅问今夕宿何处为好。未几五十五师杨勃所统之溃兵来，其中北方口音甚多，亦借口造饭，势甚汹汹。后宅鸡鸭，左园各菜，予两厨柴火悉取之。屡欲开陈文伯屋中所藏布匹衣物等，予初尚能制止，未几亦听其所为。迩时袁宅老幼早已逃避一空矣。某班长贼眼炯炯，出言凶恶，大约系绿林出身。饭毕下山，并将水桶碗盏等用品携之走矣。闻又有溃兵续至，迩时予宅中尚未有兵闯入，但厨房存物被该师溃兵攫去不少。陈光典来寓，予匆匆又检付各物及衣服付之，夯奔而去。正在门外徘徊，则见曹勗所统溃兵复来，似有作拒某军状态。其军需某自称为麻城人，与严立三主席有关系，请予救彼，予细询何事须予救，彼云身怀巨款，彼之队士欲抢其款。又有军官数人来称欲请予作调解人，谓五十五师欲缴刘大队长雄武之枪械，一时情势紧张。予遂同此军需出后门，请其逃去，惟该溃兵等早已望见，且声言五十五师并不缴该队之械，嘱下山调解云云。

予惧两下相争，遂不愿回寓，翻山径往姚家冲寻陈光典宅。过瀑布犹未见其家，足疲不能行。问一人家指路去，又行里许乃至光典宅。梦闲及定儿俱在此，由光典父子妻媳招待甚好，沐浴后小憩乘凉，惟不得铺板，仅以长凳数条支之，竟不能睡。袁世高来约予下山，谓军队虽多，予室内尚未大抢，陈文伯存物俱遭抢劫。予谓势已如此，回去何益。未几时有人来报称军队愈来愈多，室中狼藉。予遂决不回寓，但视此次国军再不来搜山则万幸耳，心念迟生母子不知逃避何所。晚饭后在光典堂屋中宿，极不安。成家与袁世高之子侄寄居光典之左宅中。终夜不宁，闻犬吠声人人惊起。噫！吾国军队退却时抢劫如此，尚何能言抗战哉？

本月初七以下日记系采迟生所记杂事中补书者。峙三附记。

初八日　晴　六月十三日　星期四

五时半起，昨实睡未安。七时命成家至前山探信，一闻犬吠，群相惊骇，惧溃兵至也。十时光典父子将予箱子等件搬进后山，距其家半里之地，略有隐蔽。左系石岩小洞，前有修竹一林，后有大树十馀株。铺行李于地上，梦闲抱定生坐之。此时此景，凄凉已极，一闻犬吠心跳甚，此时虑溃兵到此甚于敌人矣。日光照地热甚，定生偶啼哭，予必制止之。十一时，袁宗汉忽来，云有二溃兵已过流水沟，径向光典宅中来矣。山中人争逃避，予与梦闲此时仓皇无办法，屏息待信。定儿啼，必百计抚摩之，嘱其勿哭，惧溃兵闻声而至也。闻犬吠必伏草间以窥之，约至下午四时乃已，兵亦未至。光典父子送饭来，予问山下近状，云秀升家与予寓中过兵七八次，各物抢劫已十之七八矣。世高将文伯布匹衣物已搬三分之一来前山中。傍晚回光典家商议，光典谓今夕不宜在家宿，遂将予箱笼搬至后山岩洞中，携行李等等至一稍大岩洞中宿。自是此山四周皆避兵之男女老幼，依洞附岩露宿者矣。时闻人声相续，约计总在廿馀家人口。溃兵今夕分屯山下各家，晚间或不致出抢。新月在天，清露时下，与梦闲相对太息。定生此时已睡熟。予谓今日为予生日，五十四岁丁此厄境，能不痛心？使当时伏处胡林乡间，不到宜昌，不受此苦矣。溃兵何时退尽，抗战何时胜利耶？明日情形则更难受，予实虑溃兵之来搜山也。腹馁，终夜不寐，幸光典之媳与其戚某妇数人作伴，尚不畏豺狗毒蛇，但时闻犬吠，必起注听。子正露下愈重，卧具多湿。

初九日 晴热 六月十四日 星期五

五时已见日光，即起，昨夜无眠，精神尤倦，闻山下各家彼来此去之溃兵愈多，不断抢劫。询之乡人认番号者为廿六军、三十三师、四十四师江防要塞部、军政部直辖之某队四川队伍等等，皆国军也。小峰河各家及陈秀升之兄均遭兵抢，陈寄轩、玉清均被溃兵押去引路索款。袁宗汉、宗臣随时来山洞中告知予，予闻之愈心悸，嘱渠等在瀑布前时时探望。早饭系光典父子送来，予寓中米油盐酱油等物搬入其家，不感缺乏，食尚能饱，惟惧溃兵搜山耳。又有人来云，由宜昌溃回后方军队现均折转，又向前开，不知何意。如是来者去者络绎于途，放枪声、拍击炮声、机关枪声、小钢炮声，山上闻之甚悉。盖溃兵饭毕开拨，或结队威骇民家取财物，均放枪也。正午忽云溃兵来搜山，有陈叟先望及之，如是有数人逃入后山最高之森林中，攀荆棘直上，极费气力。梦闲抱定生入林中，予等背贴乱石壁上，将身藏钞洋及金表、首饰等物分置岩石之小眼孔中，分别以微物或花草为符号，俾兵走后再取，兵至如寻得予等，任其搜身上零物也。未几犬吠，果见兵持枪上山者四人至光典宅，又见二兵自对山来。予等俱屏息偷视之，定生如哭则百计慰之，甚或塞闭其口，使其不得出声。约一小时，溃兵未到后山，竟鸣枪去矣。噫！如此军队，能杀敌耶？其平昔长官之教育可想。今日逃入林中二次，兵退时又徐徐将岩孔中钞及金饰等物辨志取出。晚饭遂回光典宅中，天热，衣汗透矣。洗澡后略休息，便探问山下溃兵状，闻有奸杀等事，至抢财搜粮换便衣弃枪而逃者，闻为数不少。闻成家、长青云溃兵多黄冈、浠水及鄂东各县口音，馀则川军耳。今日危关已渡过，不知明晨如何耳。晚九时就光典堂屋中宿。

初十日　晴　夜小雨　六月十五日

五时起。七时早饭毕，准备至后山岩洞避溃兵。今日另寻得稍远一洞，上坡望之可见天子坟陈光藻湾中。昨日光藻之子来云其家本可住，但坏人甚多，予是以未敢往也。闻陈寄轩已被军队捉去引路便索财物，未知有无性命之虞。但袁世高云，小峰河已遭溃兵大抢特抢矣。在山洞中时闻山下枪声，溃兵来往如梭，有退者，有再向前进者，三五成群之溃兵正好上山打劫。正午又与梦闲抱定生至绝壁之森林中，时见溃兵来搜山，仍多浠水、黄冈口音，北方口音、湖南口音者今日尚少。予上绝壁时极以为苦，盖无路可循也。溃兵去后仍回洞中探问消息，晚间回光典宅，情急不能取得石壁间予藏钞洋贰百元，但金表已寻得矣。偶与梦闲言之，虑为光典之戚赵得贵之妻搜去。盖予置款乱石壁间，该氏曾见之也。是日零星钞票及金表时时易地掩饰，藏于乱石隙中，精神措乱，久亦忘其置物处，须默一二刻中方记起，明晨当问之。噫！吾国溃兵何时退尽耶？未见敌人，乃见溃兵，乡民痛苦。以予度之，较之敌人，仅"烧"字尚未十分做到，"奸、掳、杀、抢"等字或不让敌人专美于前矣。吁！此军队能爱国爱同胞欤？十时寝堂屋中，展转不寐。

十一日　晴热　晚月色大明　六月十六日　星期日

五时半起。六时半饭毕，仍往后山山洞中探听消息。

据袁世高父子兄弟来云，陈秀升病重，三民已归，山下各家至小峰河六七里间。溃兵如蚁，其番号以二十六军及江防部队、川军等为多。惠安亦为军队捉去引路，大概搜粮、搜柴火是溃兵口头禅，总之无一家不抢，无一物不要，及小孩衣服亦捆载而去。在小峰河奸淫数家，军官不敢过问云云。十二时左右溃兵三四人一班先鸣枪示威，至光典家搜米油等物。闻在前山搜去陈文伯藏布及衣物不少。予与梦闲抱定生仍至绝壁之森林内藏匿，不敢声张。定生偶哭，予必闭其口，小儿受此苦，亦可怜也。同避入林中者约七八人，一老人时咳嗽声，予甚恨之，盖恐兵闻声搜入林中。四时方散去，光典送饭来。予与梦闲商议，今夕不敢到光典家宿，赵氏偷款事不承认，予教光典以恐骇之法，并许以分款酬之，期以明晨答覆。旧仆刘长纯自乡间来云其母已死，不能再侍予。此人尚有义气，遂令在洞旁宿，便呼唤也。三民来山上，着兵士服，谓借此免抓夫，且已变姓名矣。彼亦宿山洞，距予洞一里许。月光在天，山周各森林中时闻人语，避兵者不止十馀家也。夜露时下，衾外生寒，凄凉之境平生未受，溃兵之赐欤！如此国军，令人推想抗战前途矣。

民国二十九年（1940年）　五月

十二日　晴燥　六月十七日　星期一

六时起，昨夜未合眼，闻山下溃兵未走，仍续据民房抢财物，搜粮杀鸡豚。八时往光典家吃饭毕，匆匆仍往后山洞避之，抚今思昔，为之慨然。午后溃兵仍来搜山，幸未到后洞。六时刘雄武者，游击队大队长也，隶曹勖部下数日，闻抢物多，已收手矣，住惠安宅中。晚同惠安到光典家，约予下山一话，予随三民到另一陈宅，三民具酒食与刘周旋，不得已也。李排长亦在座，予嘱其带兵一排至前山，以备万一，自是心稍安。饭毕仍回后洞去，并嘱惠安各语，令其准备走动，令人搬行李至光典家宿。

十三日　雨终日　六月十八日　星期二

七时起，天下雨，逆料溃兵不致来此。刘雄武借机亦搬至光典隔壁，一切举动似有钱，将所抢德国硫化青廿馀罐强卖与郭医生，用大脸盆煮白木耳吃，以得来甚易之物也。此吾国所靠之游击队以抗敌者也。大雨终日，宿光典家中，神智稍定，睡仍不安。陈宅驻有保安五团兵二排，则李排长遵予意者，似亦可感，否则亦不安枕。

十四日　晴　夜小雨　六月十九日　星期三

六时起，闻山下溃兵仍搜抢不已，但奉令已开宜昌者仍逗留不进，逃者渐多。今日仍搜山未已，但借口寻粮食菜蔬也。午后派人至山下陈宅，问知李排长为黄冈人，名长庚，似一熟名字。未几李派彭班长来招呼，带兵一排住光典隔壁。予往后山洞数次，命将各物搬回。有敌机六架凌空低飞，未几闻炸弹声数响。傍晚派人接迟生母子并惠安家眷大小皆未来，陈光典左侧可分居。写函二件，分致武县长探严代主席下落，以便向上游会合。李排长已来山，始知李系从前予长黄冈时之分队长也，当派刘长纯与一兵士同往三斗坪探讯。去后与迟生、惠安议定各事，晚九时寝。

十五日　早阴　午后小雨　晚晴见月　六月二十日　星期四

六时起，李排长搬米来山甚多，不忧无食。闻今日溃兵不多，命袁世高带迟生下山搬零物件。惠安亦下山去。今日无溃兵上山，寝食尚安。

十六日　阴雨　今日夏至　六月廿一日　星期五

六时起，因长纯等未归，命光典之弟持予函约陈光藻之子来此商迁居事，未妥。下午四时长纯等已回，持有武县长函，太平溪严主席嘱杨科长世英函，请予急往太平溪会合，予遂准备经太平溪转巴东。五时派长青、承家二仆接万氏来山，与三民之妻宅中同住。

十七日　阴　时有小雨　六月廿二日　星期六

六时起，昨夕及今晨均为雇伕子不可得，山前后壮丁皆逃去，向袁世高、三民、光典父子说许多好话，而刘雄武以财产在身，欲借予机会以兵队保护之。噫！此兵一排，于抢予等财物之人有利矣。彼要伕子六人去，致予应带衣箱不能随行，又逃去二伕，只好将二大箱、一网篮仍存山洞中。扰扰一夜不能寐，夜半已过，嘱家人起清检物件，光典家中已造饭矣。

十八日　早阴　午后晴　六月廿三日　星期日

四时起，闻刘雄武已将予所雇伕子抢六人去，闭一室中，致予欲走缺伕子三人。八时乃由保长带来伕子六人，而滑竿又分去二人，因万氏足小不能步行也。七时饭毕，八时陈三民带人来送予至牛坪垭，感其厚意，嘱其至天子坟即转去矣。沿途嘱彭班长临时雇伕，又加三人，但予仅

民国二十九年（1940年）　五月

带衣箱一口、行李二件，馀则零用锅壶。馀伕则万氏、惠安分去挑物件，李成佳、袁长青均同行，带米、菜备途中造饭。一因人多路上不易觅火食，且连日溃兵所过，十室九空矣。此行恃有兵一排保护，或可无忧。而刘雄武借予之兵队同行，以掩其所抢得之物，彼心诚愉快哉。上午天阴，予步行尚不吃亏。午后天热如蒸，山路崎岖，足软身疲、汗出如渖。过唐家坝时遇朱阳春与其岳家在此地暂住，乃得茶渴①，便雇伕，得滑竿一，予乃先乘之，万氏与惠安、迟生等在后。至南沱天已昏黑，乃驻一药店中，予等人多，又兼刘雄武家眷、士兵约四十人。彭班长甚得力，先布置一切，命承佳造饭。未几万氏、惠安与其媳、儿俱来到此，大骂予未候彼同行，且谓根生死后予不悲感，对彭班长、士兵及小峰来伕等频跳频骂，此则予所不及料也。欲与理论，则已气不成声且欲死矣。予养其母，死葬之后又为之娶媳生子，彼在我家总三代都归予赡养，今乃至此，尚有天理之可言耶？家人吃饭后，予则一夜未眠。鸡鸣二次，嘱成家趁月起造饭，恐迟行有空袭也。昨闻房东云前日敌机在此盘旋数次云。

---

① 渴，据文意应为"喝"。

十九日　晴热甚　六月廿四日　星期一

四时起后嘱家人检点物件，饭毕即行。昨日唐家坝伕子四人逃去，乃步行。五时同老幼离南沱，行三里天犹未明，趁月下急走，此时此境凄凉万分，此则予平生未受之苦也。过乐天溪街上，在小茶市歇，乃得饮茶，后行家人、兵士齐到。再过五里，一小村中造饭，耽延二小时，问其主人，云溃兵在此抢掠一二日，粮食搜尽，衣服无存，可怕哉！十时行山谷中，足软汗出，沿途休息，偶有人家卖茶，均见予携有士兵，避去，乃婉言此非溃兵也。到太平溪尚有十五里，高空均有敌机时时来往。至一商店，货物甚多，就其地造饭，据说离太平溪省政府临时办公处尚有六里，惟韩姓距此不过三里，予遂决意往韩家暂歇，人众均疲矣。随购杂物数元，四时半再行，系一小路，不好走。至韩宅见其屋甚宽敞，乃嘱兵士另觅一宅居之。饭后予正洗澡，闻杨世英、熊惠泉、张贡之、王渔青均来此，遂出与谈，并问各事，得知三游洞别后情形，约以明日到府晤严代主席，再说明各事。杨等六时半别去，予心烦意乱，中宵不能寐也。回思前事，心伤无已。

二十日　晴热　六月廿五日　星期二

六时起，嘱成家等至太平溪买菜蔬。饭后至省府晤严主席及各同事，详述予在小峰被溃兵抢掠情形。主席太息而已，问予未支薪，遂补给之，谓巴东已成立行署，请予携眷先往。三时回寓。傍晚惠泉、渔青来谈甚久去。九时寝。

廿一日　晴热甚　晚云密布雷声作　六月廿六　星期三

六时起。饭毕至府，得悉长官部有差轮到巴东，由杨科长写函并先用电话问明。予匆匆回寓嘱人，并由韩启林代雇力人搬物至太平溪，到江边则轮早开矣。天气热甚，予不愿回寓，遂在街市就望家药店宿，此为望联保主任所开药店，周队长先为招呼者。遇前坪联保主任杜玉武，亦在此避乱，详述马南坡失陷后冯艺林家中受损失最苦云云。晚寝不安。

廿二日　晴热　六月廿七日　星期四

六时起，整理行李，至河干候船，候至十时无消息。烈日如蒸，韩宅及望宅送予搭船人欲散去，而天空中飞机时时盘旋，予等时时坐树下避之，此境亦所难受。予嘱启林觅一与省府较近之宅暂住，遂决计带万氏、迟生等至启林之弟名启生家中暂居之，驻其堂屋中。惠安等候船，予决不与彼同船到巴东。午后一时抵其家，名小溪，山路陡上，极不易行。夜间该宅须闭大门，云此处宵小多，虑其来抢劫。室内蚊多，又不透气，真闷死人矣。终夜难寐，令人感想抗战后苦况，难民生活如此，恨倭奴兼恨吾国溃兵也。

廿三日　晴热甚　六月廿八日　星期五

七时起。八时至省府未晤主席，闻世英云主席不日亦往巴东，建阳轮在此候差，予可随主席同往，诸事便利。商之任之、贡之，均以为然。予因此行受热成病，亦思休息数日方好。遂回寓与家人言之，准备同省府同人一齐到巴东为妥。午正吃饭毕，任之、贡之、熊惠泉先后来谈，云主席今晚可自三斗坪回府云。十时寝。

廿四日　晴热　晚风转凉　六月廿九日　星期六

六时起。午后一时至府打听主席何时出发，遇华国谟、刘铭中分述宜昌及郧阳近事。郧阳同学任岱青尚存，现在该县充中学教员云。晚归寝稍安。

廿五日　晴　六月卅日　星期日

七时起。九时贡之差人送信来，云建汉轮已到，准备明晚开巴东，可上船去歇，大约予可与主席同行也。十时寝，闭门热甚，开门又恐盗贼，乃嘱长青拦门睡。

廿六日　晴　七月一日　星期一

六时起，八时早饭。午后派人至府探信贡之，建汉轮已坏机器，今日已开至清滩，旋回三斗坪修理，明日或到埠也。正午予再往府探听，便与主席一谈。龚薰南自清滩来，与谈各事，四时归。饭后小睡不安，晚十时寝，嘱家人明晨早造饭。

廿七日　晴热　晚十时阵雨　七月二日　星期二

六时起。七时早饭毕，送予等到河干上船者有六人，皆韩启生兄弟所雇者。八时予已抵河干，予往返上下数次。而船中一吴姓黄安人，小流氓也，说话滑头甚，与刘内子争论数次。十时熊惠泉来，请其与大副交涉，乃得一房与万氏及迟生住之。盖人多如鲫，本府特务队六十余人，军实杂件甚多。久候主席未到，正午天热，予甚惧敌机来。主席上船后又牵延说话，与不相干之人语刺刺不休，又欲候某某数人自三斗坪来搭船，船上下人等均不愿。噫！严主席之心仁，仁则仁矣，其如遇事不决断何哉？二时船乃开行。未几过牛肝马腑①峡，嘱迟生注意望之。抵青滩船停片刻，未几过兵书宝剑峡，三时抵香溪，船下椗。主席与予及王、杨、阎等同上岸，至香溪联保办公处通电话至秭归县府，胡县长已病，由李秘书接电话。出处后警报大作，予遂与主席雇二舟至上水洞旁避之，解除后上船。未几秭归已派船来接主席去，予以疲甚，遂未同往，盖今夕又须赶回轮上宿也。饭后思睡，船上人多，遂至舵房前席地而卧。晚十时忽风雨至，雨漏，卧地频频移之，颇以为苦。转钟时闻主席同杨世英、阮仲咸等已回船矣。予则卧不安枕。

廿八日　晴　七月三日　星期三

五时闻船已开行，九时船已到泄滩，须用铁缆牵上水，俗谓之缴滩者也。此滩极险，从前无轮船行时，木船

---

① 腑，应为"肺"。

在此能安全过去者真运气矣。船停后予与贡之、任之等分途前行，世英与主席同行。予惧途中主席语之琐碎，悬乱如麻，听之不便相答，不听又恐失礼也。内子等俱在船中未起，予与贡之憩茶肆中候之，约二小时乃同上船，幸此滩已安全过矣。三时抵巴东，省银行王经理及朱代杰委员并行署同人来接主席。予刚上坡及半，闻警报大作，敌机已来，主席一班人到省银行，予因家小在船，仍返船中，嘱大副及吴经理、周队长想办法，船遂退至悟源洞口避之。见敌机九架分批上下盘旋五次，幸轮已熄火，人寂无声，在轮兵士及勤务兵不听出视。予居舵房中视之明晰，敌机低飞似寻目标，约半小时乃投大弹六七响，而巴市被炸矣。予目见之心悸，半时不能定。噫！设投一弹于轮中，予与船上数十人其能免乎？不死于炸即死于水矣！四时写片差人送主席，谓船不能再候公，因主席留语须候此船到万户沱也。此为予惧飞机最险之日。设主席早谕船可径开万户沱，不候彼至，予不受此惊骇矣。四时半到万户沱，天热甚，予遂携眷至王一鸥寓中暂寄宿，幸承其慨允。饭后洗澡乘凉，今日大难过矣，真吾家祖宗之灵也。五时至行署与同仁一叙，七时归与一鸥夜话，高伯韩与王隔一壁，谈别后事至十时寝。迟生与其母另居一室。

民国二十九年（1940年）　五月

廿九日　晴热　七月四日　星期四

六时起，承佳、长青与万氏等在租屋吃饭，予与迟生在行署吃饭，刘内子与定生在王宅吃饭，真以为苦。十时警报大作，至下半里一土坑中避之，迟生等分途躲避。午后三时警报又来，遂与迟生等至行署□里石沟溪上避之，遇包贡九、阎任之。盖行署房屋稍高，有警报须避也。予今晚搬至行署宿，此屋如蜂巢，人多，热不可耐，闻寒暑表日间已至百零二度。噫，此火坑也。晚与帅和甫、包贡九闲谈，门外时有臭风，触鼻欲呕。十二时寝。

六月

初一日　晴热甚　七月五日　星期五

六时起，行署左右无公厕，更衣则须右行上山一里馀，亦无厕所，就山上随地溲便而已。吾不知万户滂①从前如此境况否。署中人忙过不了，且无精打采。厨房当街搭棚，室内上午十时即热至百度矣。此真活地狱矣。予与迟生正式在署中搭火食，内子万、刘二氏及长青、承佳在对门租宅楼上起火食，用度多，凡百受苦，心烦意冷，势已至此，奈之何哉。今日上、下午均逃警报，晚与包、帅、周、阎诸人在外乘凉，每有小风，臭气扑鼻，不能在外久坐，只有早寝发汗。

---

① 滂，据前文应为"沱"。

民国二十九年（1940年）　六月

初二日　晴热甚　七月六日　星期六

六时起，每晨以解大溲为苦。今日警报上、下午共三次，胡乱逃避。予因怕热，就王一鸥寓中小憩，不愿避也。晚与王、高诸君谈后到行署寝。

初三日　晴　午后大雨一次　今日小暑节　七月七日　星期日

六时起，今日为抗战三年纪念也，行署举纪念，予未去。上午警报一次，下午五时大雨，天气改凉，迟生患目疾，承佳下楼梯跌下，闻腰痛甚，明日当弄药敷之。晚八时寝。

初四日　晴热甚　七月八日　星期一

六时起，迟生目疾未愈，请和甫开方服药。予连日心焦灼甚，已托巴东县府谌科长就龙池附近觅屋迁居，因此地污秽不堪，人多天热，恐致疾也。心烦甚，早寝。

初五日　晴热甚　七月九日　星期二

六时起，雇滑竿至龙池，请谌科长代觅屋，彼云已租得小镗子徐耀春家，甚宽敞云。但此地距行署有十五里，在乱山中，不怕空袭也。就谌寓吃饭归，嘱家人准备迁居。晚十时寝。今日警报二次。

初六日　晴　七月十日　星期三

七时起。上午警报二次，下午已雇伕子并长青、成家等，又滑竿二乘上山，行甚迟，到徐家布置一切，身疲无力。八时寝后腹痛甚，十一时起大便，似腹泄，知已受热多日，此屋凉甚，遂感发矣。自是寝不安。

民国二十九年（1940年）　六月

初七日　晴　七月十一日　星期四

七时起。此屋早晚极凉爽，可着夹衣，房东夫妇均好，其子媳亦知尽礼。予腹痛，今日大便六七次，似痢疾，足软无力，命承佳至中园子购物。此宅距中园子彭受虚止七八里，一切买菜甚便。晚凉，今日饮食已减，似痢疾，寝亦不安。

初八日　晴　七月十二　星期五

七时起。连日闻万户沱逃警报，天热至百十度以上，此间则清凉甚，不知警报，偶或闻机声，均未当空过，不必避之。设早搬一星期，予少受痛苦矣。左侧同居系沈岐生，巴东商会会长，民二国会议员，前清附生，曾留学日本者，原籍浙江。巴东沈姓，士族大姓，皆非本籍土著也。今日与晤见，又有龚君，系巴东法院推事，其子曾与亡儿根生在黄州新民小学同班，彼知予曾任黄冈县长者也。予疾未愈，拟明晨下山请和甫看脉再服药，便可打听行署人员何日可返施南。晚十时寝。

初九日　晴　午后大雨　夜半雨更大　天气转凉　七月十三　星期六

八时起，予疾似痢但不甚重，昨帅秘书开方服之，不甚效。天气改凉，饮食稍进，但四肢无力。午后大雨，在寓闷坐而已。行署全体不日返施南，予亦筹画同往，时局如此，已到巴东，只有再西进。抗战何日胜利耶？晚十时寝。

初十日　阴　午后雨　七月十四日　星期日

七时起，昨嘱承佳至巴东打听汽车，准备携眷到施南，心烦甚。昨、今两日疾已痊矣。九时半有警报，敌机数架过此上空去。晚间蚊甚多，十时寝。

民国二十九年（1940年）　六月

十一日　阴晴不定　夜雨甚大　七月十五日　星期一

七时起，嘱长青至巴东车站探汽车开施信息，去函通电问马站长，并电贺宝三、黄仲恂，均无办法，颇焦灼也。巴东今日有警报数次，但敌机未至，长青归述如此。晚十时寝。

十二日　晴　夜雨　七月十六日　星期二

七时起，今日嘱家人清理物件，准备往施南。晚十时寝。

十三日　早阴　午后晴　七月十七日

七时起。饭后无事，嘱长青至中垣子买零物。午后偶与龚、沈二人一谈，四时至水田坝省立小学晤王校长典日，立谈片刻，傍晚归。十时寝。

十四日　阴　小雨　晚七时以后大雨　七月十八日　星期四

七时起，徐宅婆媳夫妇凶闹不堪。午饭毕，正待问车讯，不得消息。四时半巴东县府谌科长派人送信来，云汽车已到，是予电请黄仲恂所派来者，请即下山至站。嘱徐宅父子并雇工代予送行李等件，并滑竿一乘与万氏分段乘之下山。坡路极难行，过谌宅，科长托带其女至恩南住学校者，一同至巴东站。未抵站时山路两旁矢溺满地约半里，傍山兵士新坟浅埋者甚多，臭气薰薰，欲呕不得，此真所谓"臭巴东"也，将来瘟疫，其能免乎？住平安旅馆，饭后往晤站长及阎任之，予与谌小姐至县政府会李县长问托各事，衣履俱湿矣。睡亦不安，真受罪不少。

十五日　阴雨　七月十九日　星期五

七时起，派袁、李二仆随时至站打听，乃云车不能开，仍嘱家人在平安栈吃饭候车。予下午二时带迟生至县党部郭季豪处食宿，袁、李二仆均有异态。予亦忍受之，仍敷衍彼等，嘱其好好照顾予之眷属也。

十六日　晴　午后微雨　七月二十日　星期六

五时与迟生先至栈中布置开消，郭季豪送我上车，阎任之家属老幼俱先上去。幸此一车为予所包雇，则感黄仲恂之力也，不然许多麻烦，到茅田又须换车矣。买票毕车即开行，十时至朱砂土早饭，十二时过龙潭坪，买零物，花红每洋一角，买五十馀枚，此地生活甚低，可想见矣。午后四时抵茅田，住芳田旅馆，遇车站有同乡栈员王隆佳，系王长卿之姪孙也。晚饭毕，十时寝。

十七日　晴　七月廿一日　星期日

六时起，今日车中添教育厅长时子周，彼因未觅得车，昨请予与任之商量将渠主仆带往施南办交卸，予已许之矣，请其坐前列。七时开行，八时至白洋坪，早饭时厅长坚欲为予及阎宅眷属开饭，因余不受其车票费也。午后一时车抵施南站，雇伕挑至包贡九寓，予家八人、阎家六人俱至包寓吃饭休息。任之之女来包宅接任之，予洗澡后随同全眷住包宅。今日幸无警报，闻贡九云，此处目标大，有警报即逃避。傍晚与内子至店子坪一看，买鞋一双，价二元五角，较之宜昌甚贵。商议另租一屋居住，明日当往瓦庙子去看再定。十时寝。

十八日　晴　七月廿二日　星期一

六时起。早饭后与贡九至省政府秘书处晤黄秘书长，感谢其派汽车至巴东盛意，便访贺葆三，遇黄灵台谈片刻，警报大作。饭后与贡九访阎任之住地，距土桥坝十四里。在途中见敌机九架掠空过，知又有警报矣。至任之寓小憩，由其道予至瓦庙子名一湾水者，刘干龙家有房二间，极污秽，以距土桥坝远，因闻陈部长要来施开会，距省府远，可无空袭之虑也。说定租金四元，似太贵，然亦无法使之再减也。傍晚与贡九同回包寓宿，与颜科长商定由府派伕子明日迁居。

十九日　晴　今日大暑　七月廿二日　星期二

六时起，七时饭毕，八时由省府派伕来搬物件，早有警报，稍候伕子同行。此次承贡九家中招待，予等极为心感。十一时行，到七里坪已午后一时，瓦庙子刘宅男人俱未在家。予稍休息后嘱成家等借物布置各事，约三小时乃已，身疲甚。屋黑窗小，如屋暗室，似照相馆上胶片之室矣。心烦甚，晚早寝。

二十日　晴　午后雨　夜雨甚大　七月廿四日　星期三

早任之同其子女来此,便留饭去,谈各事。晚早寝,以连日车行步行,疲困几不能支也。身体发痒,是生疮之兆,臀部已起大红症数处。

廿一日　雨　七月廿五日　星期四

八时起。午后任之来,云今日彼可往省府去探问各事。予以初来此地,暂不到府,已函达黄秘书长转陈严代主席。晚十时寝。

廿二日　雨　七月廿六日　星期五

七时起,连日天雨改凉。饭后将室中检顺,准备写信、写日记等事。午后一时张贡之带刘锡常来,刘即予在三游洞为之作伐、与阎任之次女定婚者，麻城人，谈甚久去。得陈季明自施城干训团来械已复，嘱其即来瓦庙子一晤。宜昌失陷后，季明在施未归也。万氏今日忽病，不能起床，大约从前途行受热所致已发出矣。傍晚写信分致周鹏程、邓实、梅先霖、胡贵堂、朱茂林、王久旃、陈子谷、石仲章、朱祐亭、易泮香、陈寿梅、谌铁珊、彭受虚、陈庆复等，使宜昌、巴东、本籍、汉口各处亲友知予已携眷迁施矣。噫！此予又过一次大劫矣。希望与默祝何事乎？政治改良、军队努力，俾予等早回武汉，为安居乐业之平民，为万幸也。十二时方寝。

廿三日　晴　七月廿七日　星期六

七时起，倦甚。早饭后嘱李仆与迟生同往七里坪买物件，至土桥坝发各处信。晚六时李仆、迟生同回寓，云闻之贡九，陈部长已到施，现住秘书处，敌机再来须躲避云云。九时写致周方立、王一鸥、帅和甫各一函。十一时寝。

廿四日　晴　七月廿八日　星期日

八时起。饭后至门外一游，便过阎宅一叙。晚寝蚊极多，万氏帐子在宜昌被溃兵搜去，室内烧艾及松枝之类以驱蚊，并佐以蚊烟，稍好，惟烟沉于室，眼不能睁，或至流涕不止，极以为苦。十一时寝，多梦，心神不安也。予左左[①]臀已生疮，左右腕节亦生红疮，发痒矣。

廿五日　晴阴不定　七月廿九日　星期一

七时起，倦甚。饭后在寓寻书看不得，闷甚。晚蚊多不能安寝，而板上帐中时有臭虫发现。

---

① 左左，疑应为"左右"。

民国二十九年（1940年）　六月

廿六日　晴　七月卅日　星期二

七时起，九时饭毕，十一时带同长青至七里坪买物，傍晚归。天气已热，蚊又多，洗浴后在外乘凉。此间各屋尚驻有军区政训班学生，多皖人，偶与彼等一话而已。老板刘干龙原籍湖南桃源人。今日接周淬成自阳罗来信。

廿七日　晴　七月卅一日　星期三

七时起，倦甚。午后有敌机五十四架分批由此高空过去，大约系炸重庆。任之来寓谈甚久去，盖述省政府近事也。晚九时寝。

廿八日　晴热甚　八月一日　星期四

七时起，饭后命李仆送各处信付邮。午后至任之宅中一谈。晚十时寝。

廿九日　晴　八月二日　星期五

八时起,有敌机经此过,大约系侦察川中情形也。午后敌机约三次五十馀架袭渝也。今日借得任之房东所藏八比文、试帖诗等阅之,亦无聊也。晚十一时寝。

三十日　晴热甚　八月三日　星期六

七时起,饭后看八股文。午后陈季明、陈宗榜同来寓细谈各事,留之便饭去。彼二人思家,大约毕业后即返宜昌也。晚间浴后在院中乘凉,室内蚊嚼人,极难受,予之疾与疮,蚊即为媒介矣。心烦甚,十一时寝。

七月

初一日　晴　午后三时雨　八月四日　星期日

七时即闻敌机声由此间高空飞过。八时予起后忆自五月初六日以后未写日记，其间经过兵劫，天热步行山路到牛坪，过南沱、太平溪种种困苦，到巴东种种危险，及受热受病、逃空袭等等，足未停止，寝食未安，此则集艰难困苦危险之大成者。金钱、精神损失更不待述矣。从前悬揣推想于逃难之人者，今则自受之。噫，谁之赐欤？午后三时刘先洁同任之来谈一时去。予原拟今日到施南城一看情形，已备滑杆，因雨遂止。寝后蚊虫入帐，极难逐出，仍有臭虫，较昨日稍少耳。今日午后三时，予因李、袁二仆做事不力，自检晒臭虫等等，持一板凳就地方敲击，刚堕地上，凳倒于左眼眶，几将眼珠撞出，痛不可忍，设下或向左五分，则目瞽矣，此真晦运所关。用药敷之，痛不能止。睡二小时起，眼眶青肿，珠痛异常，此亦逃难中之纪念也。

初二日　晴　午后雨数次　八月五日　星期一

今晨有敌机一架侦察，经此间高空偏过。午后四时乘滑杆到恩施，五时半达到。进北门后与朱士堪遇，此则三年未见者也。详叙别后情形，并承其招待晚餐及洗澡购物，花洋约八九元。此生甚讲感情。晚九时晤王梦生行长及张县长皞乐。张与予昔同事于水利局，久思不起，渠送予出后乃叙及，真脑筋太退化矣。今日上坡时□与一公务员遇，立叙数语，彼未言姓名，似甚熟，予竟不能忆其为谁也，脑筋错乱如此哉。晚十时半宿警察局，因迩时吴毓灵局长已睡，未与谈话。朱生退其床请予寝，室中蚊多且大如蝇，幸有帐遮，不然殆矣。

民国二十九年（1940年）　七月

初三日　晴　夜十二时以后大雨如注　至天明止　八月六日　星期二

六时起，与朱士堪同至省银行仓库，佚子已来，与成家遂行。过七里坪，访乡长买零件小菜，遂回寓。午后余宪章来谈甚久，留晚饭毕别去。晚思往事，不胜太息，予出门已二年矣。廿七年此日在鄂城东门住宅料理各事，初四鄂城被敌机轰炸，初五予迁胡林，遂未回家。

初四日　晴　晚转钟二时小雨数次　初五丑初立秋　今晚二时　八月七日　星期三

八时起，饭后派李成家送信到城内南行长、朱士堪，并发孟广漳等函。晚归取回贡之代领主席补助予之安家费八十元，细问各事，知朱怀冰已来施，省府迁移尚未定。得熊汉辅、邓实、蔡心寿等函。晚九时寝，蚊虫极多，臭虫、跳虱均较前数夕更甚，睡不能稳，起数次。

初五日　晴　今日立秋节　八月八日　星期四

七时起,疲倦不堪。八时半阎任之来,便写函致朱怀冰,请任之带与包贡九转交,请约时相见。昨成家归云包贡九告以府中无多事,不必去也。记予于廿七年七月五日离鄂城本宅,今尚未归,思之心痛,国仇、家难、抗战、人心、军心,此五种事每一念及,可以流涕矣。晚寝蚊蚤臭虫多,不能安枕。忆廿七年此日午前十时到朱汤庄。

初六日　晴阴不定　八月九日　星期五

七时起天阴,八时以后似有雨状,闻敌机一架过上空去,十一时一刻有大批敌机自东来。予于层云缺处见六架飞过,但甚高,大约又炸四川。午后三时三刻又由此间偏高空过去,以时间计之,当似炸重庆以西较远之地也。晚饭后写信五件,分致胡光麓、张皡乐、贺葆三诸人,明晨当着人送去。晚寝蚊蚤臭虫如昨状,难寐。

民国二十九年（1940年） 七月

初七日　阴　小雨　夜转钟后阵雨时来　八月十日　星期六

六时命长青至店子坪买物，并送包贡九、张贡之、胡光麓等函。九时早饭，未能多食，连日均如此，病后元气未复，百感交集，每一念及家园则泪涔涔下矣。十一时长青归，携回各信。朱怀冰已有回信，予遂同成佳至龙洞访之，询知则参议会住，与谈一时半，彼对于战事无甚把握，但谓非抗到底不足以图存也；和议无稽，列强不能为中国；八路军在河北、晋省均强横自主云云。彼不久离开此地，便询省府，似无改组意。参会距予寓五里，小路难行，归时出汗如雨，洗抹后休息一时许。晚间天黑似有雨意。去年七夕在小峰，今年则在恩施受苦而已。十时寝。

初八日　早晴　午后阴　热　八月十一日　星期日

八时起，阎任之来谈，谓今日须往省府去，谈半时，予以信请致包秘书。今晨有敌机侦察过上空,十二时一刻敌机五十馀架自此间偏空过去,继又一批,大约袭渝也。晚间在外乘凉,不外百感交集而已,寝亦不安。

初九日　晴热甚　八月十二日　星期一

七时起。早饭后欲写信,以身软中止。十一时一刻大批敌机经此偏空过,据说五十架,旋又来一批,又系炸重庆无疑。晚间思家甚,寝极不安。

初十日　晴热甚　八月十三日　星期二

七时起。饭后命承家送函与贡之、贡九二兄探息,得覆予病未痊可缓去,不必系念府事。并致葆三函以续假,不便再启齿也。室内外连日蝇蚊跳蚤密集,且有臭虫甚多,昼不能作事,夜不能寝,苦到万分矣。

十一日 阴晴不定 热甚 闷极 夜转钟半时许大雨如注者约两小时 八月十四日 星期三

七时起。饭后欲写信，以精力不继中止。午后热甚，晚间蚊多，室内外均不能坐，连日以来均如此。正午热甚则在床上休息，或小睡，此诚无可如何之办法也。晚九时即寝，手不停扇，交秋已数日犹如此热，可以想见城中及土桥坝人多之屋宇矣。转钟后惊醒，暴风雨大作，室外雷声，室内雨滴声，呼家人起接漏处，扰扰至一小时乃已。予更腹痛，大便后于隔厨中取水浣之，稍好。上床睡，天气变凉，似甚熟矣。梦先母不异平时，居鄂城某宅，谓系新买者。予见格子门八扇为昔年四眼井旧宅所用，置于此室。问先母谓此为旧门，何必置之，母谓旧物一直在后宅，此前宅之原门也。旋见先君在后宅平居度日，似非贫困者。未几又有天空有光如电影，印出一要人于上空，驰怒马以骋，随从甚多，则有许多飞机随之，未见攻渠也。未几下居于予宅之隔壁，观者如堵，皆立门外。予为解释各语，见其随从甚多，似无恐惧状。此何课也？醒后默记清楚。噫！中元已近，予仍作难民，于今则去宜昌又远七百馀里，故乡东望，能不寒心哉！

十二日　早阴凉　十时以后热　午后如伏　夜转钟以后大雨　八月十五日　星期四

七时起，倦甚不堪。九时写包秘书、张贡之函，并吴警局长、朱士堪、宋济贤等函。十一时半命成家送城内，便买各物。明日拟祀先父母于此，鄂城宅中连年茂林六兄代祀之，颇可感。此则表予心而已。晚睡不安。

十三日　晴热甚　午后四时小雨数次　晚十时天气转凉　八月十六日　星期五

七时起，昨得贺秘书函，并转示秘书长批示，予可缓到办公。此次承主席、秘书长原谅，予居地远，痛苦多，听疾愈身健时到府办事，极为可感。而从旁建言关说者，则贺、包二秘书之力也。连日天雨系夜间，白昼则晴朗，真予敌机以袭重庆好机会。噫！天佑恶人，乃如此哉！午后六时有侦察机二次过此间偏高空，或者今夕敌欲夜袭耶？夜寝不安，腹胀如厕。

十四日　晴　晚月色如银　八月十七日　星期六

九时起，身不适，气胀不舒，大便稀结无常，且不时须大便。盖近二旬冷热不时，饮食不调，又无相当之药医治也。今晨又有侦察机过此，晚间渝、川间必有空袭。午后写各处函，龙诗樵、郭季豪、李长庚、程晓波、吴献之、武县长、徐痴愚、王文端等共八件，明晨到土桥坝去送发。晚九时敌机一批过此间，十二时转来。转钟二时又一批过高空，何时转来则不知也。寝后大肠胀痛，连日均如此。

十五日　晴　晚七时大雨如注　旋晴见月光　八月十八日　星期日

七时起，大便后大肠仍痛苦不堪，此为痢后之疾，大肠热未尽下坠也。今晨敌机侦察过此高空去，夜间又有空袭渝方也。十二时以后乃食。连日饮食不进，疟疾又恶，焦灼无已。又时时思家，真难处此境也。晚九时寝，展转不寐，转钟后睡梦中闻大批敌机经此高空过去，予起溲一次，大便仍痛带血，似大肠有病。今日黄仲恂秘书长来一函慰问予疾，诚可感。并嘱静养，复元后再到云。

十六日　晴　晚有月光　八月十九日　星期一

八时起，阎任之来述各事，彼今日又到公，予托其发冯汉玫信并致陈庆复一函，附有彭受虚函也。今晨有侦察机过，十时又闻大批飞机过此前山，似飞往渝之路线，正午又有敌机二架并飞在此廿里之空周中侦察，三匝乃去。午后写一函，命成佳送往朱怀冰参谋长，便谋司令部兼职，不取薪水，俾将来到建、巴等县便利也。二时有敌机九架过此上空，未几又来二架绕一匝，即正午所来之机也。迟生等在外闻二机曾在附近投炸弹声，未知何处。晚间施南城来人问之，知非炸施南。忆廿七年七月十六，予与梦闲、定儿随彭、陈等到宜昌，自汉口行七日，晚九时抵荣昌旅馆，可怜之，至今思之已整二年矣。连日疾未愈，焦灼殊甚。昼则触目生憎，夜则思乡无已。噫！战事何时结束耶？今夕月明，无敌机过此。

十七日　晴　午后雷风暴雨一刻钟　八月二十日　星期二

八时起，成家已往施城买物取信件。九时有侦察机过此，似盘旋一次。闻刘同居主人云昨日新塘被炸，未知确否。但此前民厅曾拟及迁此者也，或者汉奸报告，敌机来炸耶。十一时敌机三批自东到西去。午后一时贡之来谈甚久，留酒面去，因彼不愿吃饭也。成佳携回佛波、怀冰、任之、贡九信件。贡、任均云省府改组，朱怀冰代主席，严主席调政治部云云，不日可证实也。三时贡之别去，四时天有暴风雷闪，势甚恶劣。敌机炸川归来，在上空匆匆飞过，前九架，后三架，最后又二架，飞急响巨，或者惧电触耶。未几雨遽止。晚九时寝，转钟二时起大便，胀稍好。今夕服药肉从容、吴于、广木香、厚朴、当归、川芎之类，似较好矣。便后上床似睡熟，见先君、先母居室中如平昔。予问先君昔游皖之南陵有徐子南者，今此间又皖籍学生则便问可也。继思先君已卒，又问先母。则未几醒，又似梦魇状，喊不出声。予似睡竹床上感寒者，内子呼予醒。次日见报，昨敌机一百七十架袭渝、万。

十八日　晴热甚　八月廿一日　星期三

七时予未起即闻敌侦察机在此盘旋一匝乃去，遂起视，问家中，谓敌机往前廿里之遥似投弹矣。午饭饮食仍不进，十一时勉强至任之寓一叙，便就其家食绿豆稀饭一盂。游戏中默祝如从前在鄂城赵宅宴蒋朗寰先生，及在汉口李佛波寓中往事证之。如能三战连续胜，则恩施可以不失。能以三翻连次胜之，限二次为度，则今冬予可回武汉，此途行中所默记者。至入局后，予为庄主则连胜三次不断，下次三翻者有三次，惟隔时间，非连续也。意者今冬战事胜利，或有和平希望，予尚不能回武昌欤？虽小道之祷祝，亦可静以候之耳。五时在阎寓清出该宅所藏八比文，如《韫山堂》《江汉炳麟①集》等类数十本，并得此宅其先生手抄八比文及窗稿等等。后人不读书，视先人手泽如废纸，可慨也。已检取数种回寓阅之，十时方寝。闻施南城内今晨被炸，死伤数十人。

十九日　晴热甚　八月廿二日　星期四

八时起。九时食稀饭一盂，饮食仍不进，惟腹痛涨稍好。检昨取回各书阅之。该宅读书人大约在同治末、光绪初，已取功名者胡文泮、赖万才，两姓名均见于此文簿上，是否此人手泽，不能断定。予就其手抄之簿中均批有数行记之。又光绪元年乙亥科闱墨一本，见吾邑有孟履恒，系亚元，又袁明善十三名，又范德镕五十名，衡鉴尽均刻其原作各一篇，孟则二篇。记是科尚有二名，城内魏瑞梗及某某也。抄本及各书先还其家，其家之果能保存与否不得知也。予记此一段，眼缘而已。午后四时任之自省府归，携带予之旅费四十四元交来，甚感。晚间臭虫九枚

---

① 麟，应为"灵"。

嚼人甚痛，分次起照捉之。连日天仍热不可耐，晚间蚊如织，睡不安。今年自四月二十日热起，屈指已满三个月，前清及民国初年无此怪状，无此气候，是何乖气致此灾欤？吾人可以思之，然惟痛心而已。

二十日　晴热甚　午后风雨　今日处署节　八月廿三日星期五

七时起，大便仍带血，肛门肠头痛，或者系一旬前受伤欤？十时一刻天空大响，敌机又过此间上空，先后循一直线行者五批，后又来二批，计六十三架。以理度之，或不循此一路，必有沿长江线经万至渝者尚有多架，或如前日百七十架袭渝、万也。敌人残酷，予固恨之，然亦由吾国年来内政外交不修，军备不充，一味敷衍，骄奢淫佚，有以召之。吾国上下苟反躬自问，能不以此言为过激欤？午后一时半敌机转来一批，馀大约分散回去矣。写李佛波、胡二林诸人二函付邮，又致贡九、介庵、鸣皋、贡之诸人信，命长青送发。二时四十分烈风雷雨大至，设敌机迟一时过此，恰遇着矣。向来敌机袭川，过此时每在正午前后半时许，今日十时半过此间上空，似预测此一段天空气候有变而提前欤？抑天佑恶人，故迟其时起变化耶？晚七时又大雨数次。九时寝。

廿一日　晴热　八月廿四日　星期六

七时起。午后田庆考来谈，田为宣恩人，述各事，问何时到宣恩。韩楚珩回信谓蚊帐在巴东，尚未取回，取后可借与之。阎任之夫人今日生期，其子来沽酒，便询得之，嘱仆买面二元送之去。接任之函，谓黄秘书长已辞职，朱怀冰以民厅长代主席，胡舜生为秘长云云。室内外蚊声如雷，近数日更以为苦。晚八时半即寝，转钟起二次。

二十二日　早阴　午后凉　八月廿五日　星期日

七时半起。八时外出，闻敌机侦察声似尚远，听不清晰。今日腹仍未愈，泄次多，总觉胀痛，便后带血。晚九时寝后总欲大便，勉抑止之，极不适。

廿三日　阴霾终日　午后寒　八月廿六日　星期一

八时起。今晨成家送信买物至省府，携归贡九、贡之函并严公威报告，请转呈主席者也。报告尚详，惟不合体例耳。朱怀冰代理主席事恐有变更。刘绍先、刘子俊分任民厅秘书长也。昨、今两日始呈秋意，予外出散步一小时乃归。九时写曾志炳、卢邦俭及复各处函。十时寝，夜梦魇一次，神亦不安。

二十四日　阴　小雨数次　寒　晚大雨至天明　八月廿七日　星期二

七时半起，八时半早饭，准备往省府去看情形。行至门外雨未止，路又滑，遂止。仍作函与贡之，并附送严公威报告去，此报告已近二月矣。昨日、前日俱无警报，午后成家回寓带回陈季明、邓实、熊汉辅、武县长等函。

武、陈所述与予所闻者同，宜市敌人暴恶奸淫，闻之令人发指。张家场小溪过来十里地，仍属我军范围，小峰、星坪似甚安静，惟缺粮食耳。陈述陈益三确已被炸遇难，闻之怅然。益三在小溪塔行医多年，甚和蔼，与予见面近年甚多，每扰其家食宿，其妻子亦贤惠无比，予尚未有以报也。晚写巴东曾志炳、卢邦俭、朱主任等函，为补发旅费事。九时阅杂书。十时寝。

廿五日　阴雨　寒　晚九时以后大雨　八月廿八日　星期三

八时起，昨拟到省府未果。饭后雇得滑竿，冒雨竟到秘书处。途逢雨大，幸带有雨衣、油布，被卧未遭透湿耳。下午二时半抵秘书处，晤包、贺、熊、曾、朱五秘书，又访贡之、汪文伯等。五时陈主席到，立公已陪往他去，乃得与黄秘书长从容谈半时，申谢其屡次维持关顾之事。五时半出与贡九同回其寓晚餐，就其家宿。

廿六日　阴雨竟日凉甚　夜雨甚大　八月廿九日　星期四

六时半起，与贡之同往秘书处。八时半见严主席谈各事，知改组事，民厅仍属朱怀冰，是否如严之代主席尚未发表也。任之自乡寓来，述其现在电务职务欲辞去，主席对渠亦无办法云。与汪文伯、徐匡凌谈各事，并取八月份生活费，乃知秘书长又加薪十元矣。黄仲恂颇念旧，令人可感也。十一时饭后，予往理发一次。陈庆复送彭受虚函一阅，令人好笑，彼自欺欺人，尚向予致辨。理发毕往建设厅晤及陈肖峰、石砥中两同学，老迈之状毕呈。周方立、锺守光、周鸣皋、刘光洁、吕烺芬均晤谈甚久。其熊、黄两秘书尚非熟人，略寒暄而已。雨大未能即归，至教育厅为迟生就学事晤及辜南杰，告以各事。今日因任之已先回乡，予乃仍住包贡九家，并就医于蒋笠庵，并购药一剂。晚饭后与贡九谈甚久，乃得救济任之办法，即调现职于编辑室是也，拟明晨为秘书长言之。

廿七日　阴　早小雨　八月卅日　星期五

六时起。七时与贡九同往省府见秘书长，将任之事与之商酌，允为任之调职务。见主席，未多说话。陈绩昭自巴东来述重庆受训经过，并告川渝之近状甚惨也。曾志炳来，谓予之旅费及工役旅费俱可补，或者前行署预借之款亦可借也。午饭后遂归，到家时下午二时，请任之来告以各事，命成家同往施城送信购物。晚饭后成家回述各事。九时半寝。

廿八日　阴　时有小雨　八月卅一日　星期六

七时起，阅昨日带回函，陈子谷之妻在万县产亡，殊可怜也。王性淑述万县近况，言其亦病两月。周治斌自远安来信，述沦陷后之事。昨、今两日大便仍带血，惟仅每晨一次，服立庵药甚顺。晚间写信三件，十时寝。

廿九日　阴　时有小雨　九月一日　星期日

七时起，连日天阴，饭后拟访朱怀冰，带同迟生前往。至龙洞警察所通电话，知其已赴省府接事矣。乃同迟生回寓，接任之、贡九函，谓今日主席须口询各荐任以上职员。予以时间赶不到，又任之已归，嘱予今晚至省府宿，明晨六时纪念周恐有事也。检点行李，命迟生送予至七里坪，因今晨长青已就政治部工役去，成家又往省府送信去。此地距府十二里，今日不得不往包贡九家宿，依人吃饭乃至如此，亦可慨也。嘱家人造饭食毕，下午三时起行。四时乃与成家遇，遂嘱迟生回，予到包宅已五时半矣。贡九未在家，饭后候之谈数语。九时寝，不成寐。